学校の怖イ噂

エブリスタ　編

竹書房文庫

目次

※本書は、小説投稿サイト〈エブリスタ〉が主催する「怖い噂」コンテスト〈学校の怖い噂部門〉応募作より優秀だった作品を中心に編集し、一冊に纏めたものです。

イラスト・エザキリカ

四十三人目

砂神桐

その転校生が現れたのは先週だった。

名前も見た目も平凡で、まったく印象に残らない男子生徒。

四十二人のクラスだから、一列七人の席が六列あるのだが、窓際の最後尾席にいた俺の後ろに、一つだけはみ出す形で転校生の席は設けられた。

教科書とかは揃っているらしく、何か貸してほしがる様子はない。

ただじっと授業を聞いていて、どういう訳か、休み時間になるとどこかへいなくなってしまう。そもそも印象が薄すぎて、いてもいなくてもあまり気にならない。だから最初はあれこれ話しかけようとしていたクラスメイト達も、次第に声をかけようとしなくなり、転校生は誰とも打ち解ける様子がないまま、ただ授業を聞くためだけに教室に現れているといった感じだ。

それはそれで転校生の自由だから構うことはないのだけれど、後ろの席ができてから、どうにも俺の体調がすぐれない。

本当に静かな奴で、後ろに人がいることを忘れてしまいそうになるくらい存在感がない。でもたまに、やたらと強烈な視線を感じる。

話しかけられている訳じゃないから視線は気のせいかもしれない。でも本当に、やたら見られていると思う瞬間があって、その強い視線を感じた後には、体育で一時間ずっと走り続けさせられたような疲労感に見舞われるのだ。

「なぁ、誰か俺と席替わってくれよ」

休み時間、冗談交じりに友達に訴えてみるが、今まで、窓際の一番後ろなんて羨ましいと散々言っていたくせに、誰一人応じない。建前上は、理由もなく席を替わったりしたら先生に叱られそうだから、と言っているが、みんなしてあの転校生の前の席へ座ることを避けている節がある。

結局俺の発言は聞き入れられず、次の授業でも、たまに感じる強い視線に疲弊感を募らせていたのだが、ついに視線を感じる以上のことが起きた。

「……って」

その声は、多分俺にしか聞き取れないくらいのごく小さなものだった。

転校生が俺に話しかけてきている。でも声をかけられているのは判るのに、どうしてか、背後を振り返りこちらから声をかけるという真似ができない。

「……って」

よく聞き取れないけれど多分同じことを言われた。その声が響くだけで背筋が震える程に冷たく凍てつく。

何かを訴えられている。でもそれはうなずいてはいけない類のものだ。

本能でそれを察し、俺はかけられる言葉に決してうなずかないことだけに意識を集中させた。

チャイムの音と共に意識の緊縛は解かれた。

いつも以上に疲れ果て、後ろを振り返ってみるが、背後にはもう誰もいない。

最終の授業から放課後のホームルームまでという僅かな時間ですら、あの転校生はいなくなる。でもホームルームが始まる時には戻っていて、先生が教室を離れる時にはもう姿を消しているのだ。

本人の印象が薄すぎて、深く関わろうとも思わないから何をしていても気にならなかった。でも今は、転校生の行動がかなり異常なものだと認識できる。

他のクラスメイトに聞いても、いまだに、まともにあいつの名前を覚えたという奴はいない。顔も、教室内にいなかったら、廊下ですれ違っても本人だとは判らないと言う奴ばかりだ。

生来なのかわざとなのか、誰にもきちんと認識されていない存在。そいつが俺にだけ何かを話しかけてきている。

気味の悪さを拭えないまま、疲れた体を引きずるように帰宅する。と、珍しい相手に出くわした。

「よう、久しぶり」

家にいたのは母方のいとこだった。家はそこまで遠くないが特に交流はない。というのも、こいつは根っからのオカルト好きで、普段からどうにも話が合わないからだ。

「随分顔色悪いけど、幽霊にでも憑りつかれてるの？」

すぐこういうことを言ってくる。

いつもなら絶対相手にしないけれど、俺にとってあの転校生は、まさに憑りついてきている幽霊のような存在で、つい、いとこの話に相槌を打った。

「ああ、かもしれない」

「俺の話に乗ってくるなんて珍しいね。何か、妙な体験とかしたの？」

目を輝かせて尋ねてくるいとこに、俺はあの転校生のことを打ち明けた。

「あれ？　そういう話、どっかで聞いた気が……」

俺の話を聞くなりそうつぶやき、いとこはスマホで何やら検索を始めた。

「これこれ。このサイトの、この書き込み。見てよ」

言われるまま書き込みに目を向ける。そこには『四十三人目』というタイトルと、名無しと書かれた投稿者名、そして書き込み内容が記されていた。

「四十二人が定数になっていた所に四十三人目が現れると、元々の定数の中から一人が、この世の外へ押し出されてしまう。何故なら四十三人は、四十二人＝四二人＝しにん＝死人を超えた人数だから……何だこれ」

ざっと目を通しただけで下らないと判る内容に、俺は呆れてスマホをいとこに突き返した。

転校生は不気味だけれど、さすがにこうまで訳の判らないオカルト話とごっちゃにするのは無理がありすぎる。

そもそも、四十二人が『しにん』で、四十三人はそれを超えた数って、語呂合わせのダジャレにしてもレベルが低すぎだ。

いとこはまだ何やら書き込みの続きを読み上げていたが、ろくに聞く気も起こらず、俺は自室に引き上げた。……でも後になって、いとこがこの時家に来ていたことを、俺は深く感謝することになったのだ。


翌日も、登校した時にあの転校生の姿はなかった。

遅刻こそしないが、いつもホームルームが始まる寸前まで姿を現さない。もちろん今日も。

いつの間にか席に着いていて、ひっそりと授業に参加する。強い視線を感じるけれど何かしてくることはない。昨日の最終授業までは確かに毎日そうだった。

でも昨日から転校生の行動は変わった。

「……って」

また何かを訴えてくる。それが聞こえると、振り向きたくても後ろを向けず、ただ聞き続けなければならなくなる。

授業の間中、ずっとぼそぼそ何かを話しかけられ続けるなんて嫌だ。なんとかならないだろうか。

せめてもう少しはっきりと、言っていることが聞き取れれば。そうすればこちらも何かの対応ができるかもしれない。

「……代わって」

俺の頭の中身が伝わったかのように、相手の訴えが突然はっきりした。

代わって。確かにそう聞こえた。でも、何を？

普通に考えたら座席だよな。やたらと視線を感じるというのも、もしかして転校生は目が悪くて、黒板が見づらいから前方を凝視しているため、それが俺に対する強い視線のように感じられているのかもしれない。

でもたかだか座席一つ分。代わったところでそうまで黒板の見え方は変わらない。

訴えるなら手でも挙げ、見づらいから前に行きたいと言った方が遥かに合理的だ。

でも転校生はそうはしない。ただずっと、俺に『代わって』と言い続けるばかりだ。

訴えの意図が判らないまま授業が終わる。転校生がいなくなり、どうにか俺の緊縛は解かれたが、一時間目からもうぐったりだ。

保健室へ行こうか。そうすればあのつぶやきを聞かなくてすむし。

そう決めて立ち上がろうとしたのだが、足腰にまるで力が入らず、席を立つことができない。その状態に気ばかり焦っているとチャイムが鳴り、すぐに教室へ先生が入ってきて二時間目が始まった。

転校生も戻って来ている。そしてずっと俺に『代わって』と訴え続けてくる。

これに応じたらどうなるのだろう。そう考えた俺の脳裏に、昨日いとこが見せてきたオカルトサイトの書き込みが浮かんだ。

四十三人目が現れると、四十二人の中から一人押し出される……確か、この世の外へ。

もしこの訴えに応じたら俺は死ぬのか？　それとも、死ぬこともできないどこかへ追いやられるのか？

絶対にダメだ。応じるなんてありえない。

「代わって。俺と代わって」

俺が考えたことは筒抜けなのか、いきなり訴えが強くなった。

せがむように……むしろ脅すように、俺に立場を代わるよう強要してくる。でも、首を横に振ることも嫌だと拒絶の声を上げることもできない。

このままだと押し切られる。どうすればいい？　どうすれば俺は助かることができる？

混乱しかける脳の奥に、いとこの能天気な声が流れた。

ろくに耳を貸さなかったけれど、一応聞こえていた書き込みの続き。その時のいとこの声が脳内で再生される。

「四千七百七十一！」

頭に浮いた数字が勝手に言葉になり、俺は立ち上がりながら大声でそう叫んだ。

背後から強いショックなようなものを感じた気がしたが、そこで意識を失った俺には、この後のことはよく判らない。ただ、潮が引くように、背中に感じていた凄まじい圧が消えたことだけは理解できていた。


気づいた時、俺は保健室のベッドに寝かされていた。

側につき添ってくれていた保健の先生が、目を覚ました俺を見て安堵する。

時間を聞くと、まだあれから一時間程度しか経ってないらしかった。

「大丈夫？　熱、測ってみましょうか」

「あ、いえ、多分大丈夫です。……ここ最近寝不足で……」

適当な言い訳を口にしたら保健の先生が少し笑った。理由を尋ねてみると、倒れた俺は先生と二、三人のクラスメイトに保健室に運んでもらったらしいのだが、倒れた時の様子を尋ねたら、いきなり立ち上がり、あの数字を口走ってひっくり返ったと聞かされたのだと言う。

「寝不足なら、もしかしておかしな夢を見て、それが原因で倒れちゃったのかもしれないわね」

このやりとりの後、早退するかどうか問われたが、結局俺は昼まで保健室に置いてもらい、昼休みを待って教室へ戻った。

「おい。大丈夫なのか？」

俺の顔を見た仲の良いクラスメイトが心配そうに駆け寄ってくる。その面々に、寝不足で居眠りをしてしまい、寝言まで口走ったらしいという、保健室で練り上げた言い訳を聞かせると、一同は心配顔を破顔させ、呆れながらも平気ならよかったと言ってくれた。

それに相槌を打ちながら、俺は慎重に、自分の席の後方に目を向けた。

なんとなくそうなのではと思っていたが、やはり転校生の席がない。

「俺の後ろに置かれてた、転校生の机は？」

「転校生？　お前、まだ夢見てるのかよ」

その返事に、俺は、自身に降りかかっていた脅威が完全に去ったことを確信した。倒れる間際に圧が消えるのを察した時からこうなる気はしていたが、転校生の存在自体がなかったことになっている。

誰にも覚えられず、誰とも関わろうとしなかった転校生。それもその筈だ。あいつは元々このクラスに、自分となり替われる相手を見つけに来ていただけなのだから。

たまたま席が前後したから俺が標的になっただけ。そして、このクラス……いや、この世界での俺のポジションを乗っ取れず、消えた。

偶然にも一クラス四十二人だった。あいつがこの学校に現れた理由はそれだけで、それがうちのクラスだったのもただの偶然にすぎない。

最初から俺が狙われていた訳じゃないし、撃退した以上、あいつはもう俺の前には現れないだろう。

それにしても、いとこのオカルト趣味もたまには役立つことがあるんだな。

今度会ったら礼を言わないと。それとも、今回の話を残らず語った方があいつは喜ぶかな。

でも、オカルトな書き込みのおかげで助かった俺が言えることじゃないかもしれないが、撃退の言葉が四千七百七十一……位の部分を省略すると四七七一。

語呂合わせで『しなない＝死なない』。つまり、死人を超えた存在を退ける言葉になってるって……助かって嬉しいけど、このダジャレに救われたのかと思うと、俺はかなり複雑な心境だよ。

四年に一度

鬼木ニル

学校の怖い噂と聞くと、絶対に思い出す話がある。

これは私が通っていた中学校の話だ。

今から十五年以上前、私は親の仕事の都合で、小学校を卒業と同時にI県のS町に引っ越した。

S町は閑散とした田舎町だった。

国道から一本裏を行けば田園が広がり、電車は一時間に一本といった調子だ。

町の中心部に位置する駅前は再開発が進みベッドタウンと化している。

私は駅前の新築マンションに入居したおかげか、不便さはさして感じなかった。

一応中心部ということで私が入学したS中学も町内で一番生徒数が多く、一学年につき七クラスあった。

親は転勤族だったし、小学生の間に二度転校したことがあったから、今更見知らぬ土地でやっていくことに不安はなかった。

そんなことよりも憧れていた中学生活。

私は制服を着て学校に通うことに胸を踊らせていた。


入学式を無事に終え、順調に友達が出来た頃。

入学してから三日目に私はその噂を聞いた。

「うちの学校って四年に一度、人が死ぬんだよ」

あまりにも漠然とした噂話だった。

私は笑い話かと思って「何それ」とケラケラ笑いながら返事をした。

しかし噂を口にした本人はおろか、周りの数人まで深刻そうな表情を浮かべている。

後から知ったのだがこの噂はとても有名なもので、卒業生も、保護者も、近隣住人も絶対に一度は耳にしたことがある……といっても過言ではなかった。

学校中で知らないのは他所から来た私くらいだったのだ。

「人が死ぬって、誰が死ぬの？」

私が問い掛けると友達は首を傾げた。

「さぁ……それはわからないんだよね、とにかく四年に一度、絶対学校の中の誰かが死ぬんだって」

「なんで四年に一度なの？」

「それもわかんない、教頭の呪いかな」

「教頭？」

友達に詳しく話を聞くと、昔この学校の教頭が校舎裏の木で首を吊って死んだらしい。

話を聞いていた他の友達も「頭がおかしくなった女の先生が授業中に屋上から飛び降り自殺したんだって」とか「飛び降りる先生と目が合ったらしいよ」などと次々と話し出した。

結局〝四年に一度〟の謎は解けないままであったが、学校関係者が死ぬということと、その〝四年に一度〟が不幸にも今年に当たるということはわかった。

運が良ければ四年に一度の死と全く拘わらずに卒業していく学年もある。

しかし私たちが入学した年はちょうど死者の出る年であった。

もしかしたらこの中の誰かが死ぬのかもしれない。

俄には信じ難いが、何処か気持ちが悪い。

皆沈んだ気分を誤魔化すように聞き齧った怪談を各々話しては、キャーキャーと大袈裟に騒いだ。


そんな話も忘れた一週間後。

「クラスメートの女子の父親が亡くなった」と朝のホームルームで担任が告げた。

病死だったそうだ。

当然クラスはざわついた。

皆噂を知っていたから、これが四年に一度の死ではないかと怯えて泣き出す女子まで出た。

他のクラスにも話は広がり、不謹慎にも面白がってその日は噂の話で持ちきりであった。

例に漏れず私も友達と「まさか本当に死ぬなんて」と話し合った。

「でもさ、これで終わりだよね」

「そうだね、うちらの中から誰か死ぬってことはないんだもんね」

「あの子はお父さんが死んじゃって可哀想だけど……」

「うん……」

クラスメートの親の死というショッキングな出来事は、怖い噂と結び付いて心の中に暗い影を落とした。

一週間後に忌引が明けて登校してきた女子生徒は、いつもと変わらぬ様子で気丈に振る舞っていた。

私はその姿を見て胸が痛んだ。

同時に、これで終わったんだとホッとしている薄情な自分に気が付いた。

嫌な出来事であった。

……ここで終わるはずだったのだが。


それからまた三日後、朝のホームルームの時間になってもとある男子生徒の席がぽっかりと空いていたのである。

「……昨日、A沢くんのお父さんが亡くなりました」

担任が告げるやいなやどよめきが起こった。

この前はあんなに興奮気味に茶化していた男子生徒たちも顔を見合わせ動揺している。

いよいよ女子の数人が泣き叫んだ。

「四年に一度じゃなかったの!?」

「また死ぬなんて」

「呪われてる！」

クラス中が、いや学校中が軽いパニックに陥った。

他のクラスや上級生が「一年A組は呪われているらしい」と口々に噂した。

この事態に教師たちは頭を抱えた。

各クラスで「くだらない噂話で人の死を弄《もてあそ》んではいけない」と担任から注意されることとなった。

入学してひと月も経たないうちにクラスメートの親が立て続けに二人も亡くなった。

あの〝四年に一度〟の学年の中の一クラスで。

偶然とは恐ろしいものだ。

子供たちの目には呪いによる必然に見えた。

そのうち噂話は加速して「あの男子生徒は最初に呪いを面白がっていた」「女子生徒の

親が死んだことを馬鹿にしたから呪われた」と尾鰭《おひれ》がついていった。

最早個人へのいじめに発展しかけていたのだ。

だが噂話は「この話をすると呪われる」というものに変わっていき、最終的に皆が口を噤《つぐ》むことで鎮火した。

学校行事の準備が始まっていたし、初めてのテストも控えていたためにやがてこの話は忘れ去られていったのだ。

そもそも口に出せば呪われるかもという恐れもあってか、表立ってこの話をする者が誰もいなかった。

それにいつまでも〝呪われたクラス〟と扱われる立場としてはたまったもんじゃない。

私も以降、この話題に触れることはなかった。

それからは噂など記憶の奥底にしまわれて、中学生活にも段々に慣れていった。

テストの結果に一喜一憂し部活だ恋だと騒がしい日々。

初めて過ごすS町の冬は驚くほど寒く、うんざりするほど雪が降った。

私は田舎町の中学生活をそれなりに楽しんでいた。

もうすぐ三学期が終わり、春休みに入るという頃のことだった。

昼休みに突然校内放送が流れた。

「五時限目は体育館で全校集会を行います」

何の集会だろう。

また校長の長い話を聞かされるのか。

授業が潰れるならまあいいかと皆が特に気にも留めず、チャイムと同時にゾロゾロと体育館に向かった。

体育館は冷え切っており、大きなストーブが焚かれている。

寒い寒いと体を震わせながら全校生徒が体育館に並んだ。

何をするのか知らされないまま集められた私たちは、この寒さも相まって苛立ちすら覚えていた。

校長がうやうやしくステージ上のマイクの前に立った。

皆の視線が集まる。

校長は口を開いた。

「今日は皆さんに悲しい知らせがあります」

いつもとは違う語り口に何のことだと耳を傾ける。

「体調を崩して休んでいた一年A組の担任のT中先生が先日、お亡くなりになられました」


一斉にどよめきが起きる。

悲鳴にも似た声、息を呑み立ち尽くす者、振り返り後ろの生徒と泣き出す者。

体育館の中は混乱の渦と化す。

私も指先が震え、寒さとは違う冷えが体の底から湧き上がった。

静かにしなさいと宥める教師の声は掻き消されていく。

「終わってなかったんだ！」

誰かの声が響き渡り、泣き声や叫び声はより一層大きくなった。

皆は口々にあの噂の話をしだした。

「また一年A組だ」

「呪われてるんだ」

「T中先生、ずっと顔色悪かったよね……」

「休んでたの冬休みからでしょ？　なんで……」

「やっぱり死んだ！　あの噂マジじゃん！」

狂乱の中、私は呆然と突っ立っていた。

全身に鳥肌が立って動けなかった。

四年に一度、人が死ぬ。

休職していた担任がまさか死ぬなんて。

噂は本当だったんだ。

あんなに元気だったのに、もう居ないんだ。

色々なことが一度に駆け巡り、頭の中はぐちゃぐちゃだった。

どうやってその騒ぎが治まったのかは覚えていない。

ただ教室に戻る最中、友達とぴったり肩を寄せ合って何も言えずに歩いたことを覚えている。

まだ中学一年生だった私たちにとって、担任の死というものは受け止めきれないほどの衝撃だったのである。

ましてや〝四年に一度、人が死ぬ〟という噂に振り回されていたのだから。

その後は何処か憂鬱な気分を引きずったまま春休みを迎え、中学二年生の途中で私は隣県に引っ越した。

転校先は至って普通の中学校であったと思う。

少なくとも在学中に誰かが死ぬということはなかったし、おかしな噂もなかった。

私が体験した話はこれで終わりである。

様々な偶然が重なって、集団ヒステリーのような不安定な状態に陥った。

ただそれだけ。


ここからはまた別の話となる。

大人になった私は、仕事の都合で再びI県に住んでいた。

S町ではなく、県庁所在地のM市に。

そこで知り合った女性、Mさんがたまたま S町出身で、S町の話で盛り上がったことがあった。

なんの気無しに「S中学の四年に一度、人が死ぬって噂知ってますか?」と訊ねてみた。

私より一回り年上のMさんは「ああ、それね、懐かしいなぁ」と笑っていた。

やはり有名な話だったようで、Mさんの世代でも「S中学校は教師が飛び降り自殺をしたから呪われている」といった類の噂が飛び交っていたらしい。

聞いていると懐かしさで笑みが溢れた。

当時私はあれだけ怖いと思っていたのに、今となってはあの噂は懐かしい記憶の一つになっていた。

まるでS町を訪れたかのような感覚に浸っていると、Mさんは眉を顰めた。

「あれ？　おかしいな……私たちの頃は〝五年に一度、誰かが死ぬ〟って話だったんだけど……」

いつの間にか変わったのね、とMさんは続けた。

奇妙な違和感を覚えた。

子供同士の噂話などいくらでも変わるだろう。

それだけのことなのに、一瞬、嫌な考えが頭を過ぎった。

二年前、S中学の生徒が学校の目の前の道路で車に撥ねられ亡くなったという痛ましい事故があったのだ。

県内のローカルニュースで自分の通っていた学校の名前が流れ驚いた。

同時にあの噂を思い出した自分にうんざりしたのだが。

私は帰宅後、例の噂についてインターネットで調べてみた。

S中学、噂、怖い話、怪談などのキーワードを入れて検索すると、I県内の心霊スポットについて書かれたサイトにヒットした。

掲示板には県内の有名な心霊スポットについての書き込みがあり、遡っていくとS中学のことが書かれていた。

やはり二年前の事故のことで盛り上がっていたようだ。

よせばいいのに私はしっかり読んでしまった。

『S中って本当に呪われてるんだね。三年に一度死人が出るんだよ。有名だよ』

三年に一度。

Mさんの言葉を思い出す。

「私たちの頃は〝五年に一度、誰かが死ぬ〟って話だったんだけど」

懐かしい記憶の一つを紐解く。

「四年に一度、人が死ぬんだって」

掲示板の書き込み。

「三年に一度死人が出るんだよ」

単なる好奇心が確信に変わり、私はブルッと身震いをした。

早まっているのだ、死人の出る期間が。

これはただの偶然だ。くだらない噂話じゃないか。

私は自分に言い聞かせながら掲示板を閉じた。

担任の顔が頭に浮かんだ。

気丈に振る舞う女子生徒の姿、顔を見合わせ狼狽《うろた》える男子生徒、泣き叫ぶ声、冷えた体育館、混乱。

次々と鮮明に思い出していく。

考えるのをやめようとしたが、しばらく脳裏にこびりついて離れなかった。


これ以上探れば私の中の偶然が必然に変わってしまう。

知らなければすべては気のせい、偶然のままだ。

不幸にも立て続けに人が亡くなった。それ以上何もないのだ。

恐怖体験とも言えない、これはモヤモヤとした噂話。

しかし時折考えてしまうのだ。
きっと今もあの噂は語り継がれている。
今、あの噂話の期間は何処まで短くなってしまったのだろう、と。

鏡

音海聖也

昔、小学校の音楽室に大きな鏡があった。その鏡にまつわる怖い話を友達に聞いたことがある。今思えばそんなに怖い話でもなく、むしろツッコミどころの多いものなのだが、当時はとても恐ろしかった。

「音楽室にある大きな鏡に真夜中妊婦さんが映り込む。そのまま鏡を見つめていると鏡の中の妊婦さんに腕を掴まれ異界へと連れ込まれる」

突然友達に腕を引っ張られたのが印象的で今でも鮮明に覚えている。びっくりした私を楽しそうに見ていた。この噂で一つだけ妙に引っかかる部分がある。なぜ、小学校の鏡に妊婦さんが映るのかという点だ。友達もそのことは知らないらしく、素っ気ない返事しかなかった。子供の頃のことだが、私はその事が気になって仕方なく、小学校のアルバムを引っ張り出して担任だった先生に尋ねてみることにした。最初は他愛のない会話をしつつ、機会を窺った。

「そうそう、この前ね、立て替え工事をしたのよ。廊下とかギシギシうるさいし、風の強い日は少し校舎が揺れるしで保護者からも不安な声が上がってね。今度見にいらっしゃいな。とっても綺麗になったわよ。特に音楽室とか……」

先生の声と被って何かノイズのような音が聞こえた気がした。電波が悪いのだろうかと思ったが、話題が音楽室になったのを逃せるはずもない。私は先生に早口で尋ねた。

「あの、先生、音楽室の鏡のことなんですけど！」

「え？　あー、あの大きな鏡かしら？」

「あれって元々小学校にあったものなんですか？」

そう言おうと口を開いた時だった。耳元でジジッと嫌な音が聞こえた。思わず携帯を耳から離す。携帯の向こうから先生の声が小さく聞こえる。

「すいません、なんか電波が悪いみたいで。それであの、鏡なんですけど……」

「あれはね、音楽室の前は病院にあった物なの。小学校ができる前にその病院はなくなったのだけれど、校長先生があの鏡をとても気に入ってね。譲って欲しいって病院の関係者にお願いしたの」

病院というワードが耳の中に残った。病院にあった鏡、それだけで何か曰《いわ》く付きな響きで私は少し興奮した。

「ただ、踊り場にはもう別の鏡があったからどこに飾るかずいぶん悩んだみたい。大きな鏡だから、場所も限られるでしょ？　そこで一番広かった音楽室に飾ることになったの」

私の様子など知りようもない先生が淡々と話す。時折ノイズが走るが私はあまり気にならなくなっていた。

「あの、その鏡があった病院ってどうしてなくなったんですか？」

この質問にはこれまで淡々と話していた先生も少し黙った。私は先生が何か話すのをじっと待つ。

「——誰にも言わないわね？」

先生の言葉に私は頷きながら、はいと答えた。

「実は、医療ミスがあったらしいの。そのせいで患者さんが一人亡くなったって話よ。原因はわからないけれど、遺族の方に訴えられたとかで話が広まってね。今まで通院してた人たちもみんな他所《よそ》へ移ったらしいわ。それで経営が回らなくて……」

「……亡くなった患者さんって――」

突然、台所でピチャンっと音がした。私は驚いて顔をあげる。その時携帯を耳から離してしまった。台所を見に行くと、蛇口が閉まりきっていなかったのか雫が垂れていた。私は蛇口を閉め直し、携帯を耳へ当てた。

「…………で」

先生の声は聞こえない。代わりに若い女性の声がした。何か話しているようだが、よく聞こえない。周りでノイズの音がしているからだろうか。私は恐怖よりも好奇心が勝っていた。

女性の声に対して
「なんですか？」

と強めに言った。すると、ノイズがピタリと止んだ。

「それ以上調べないで」

はっきりとした声だった。そこで初めて私は恐怖に震えた。しばらく呆然としていると、電話口から先生の声が聞こえた。

「もしもし？　大丈夫？」

「あ、すいません、ちょっと電波が悪いみたいで……」

などと適当なことを言って私は電話を切った。あれ以上通話していたくなかったのだ。

それ以来私はその事について考えるのを辞めた。あの声の女性が怖いというのもある。でもそれだけじゃない。聞こえたのだ、女性の声の後ろに、赤ん坊の泣く声が。

呪いの音楽室

岩佐翔勇

私が小学生の頃に生まれた噂の話をしよう。時期はまだ昭和と平成の境目で、教師による体罰を「悪いうちの子供を正してくれてありがとうございました」と感謝するような親がまだ多い時代の話である。

私——僕は父の都合で五年生になって小学校を転校することになった。転校先の小学校では教科書も変わり、授業の進行具合も変わり、何かと戸惑うことが多かったが、何とか付いていくことが出来た。ただ一つ慣れないのは新しい教科が追加されたことだった。

「音楽」である。

僕の前にいた小学校では「音楽」という教科は無かった。理由は知らない。お受験に勝ち上がって入った私立の学校だった為に公立とはどこか違うところがあったのだろう。それが都落ちのように市立の普通の小学校に来た途端に「音楽」という授業が増えて僕は困惑するばかりであった。

音楽の授業を初めて受けるにあたって壮年の音楽教師から一枚のペラ紙を渡された。リコーダーの注文書である。注文書に書かれた店の名前を見ると隣の県にある楽器店であった。少し町中に出れば楽器店があるのに何故にわざわざ隣の県の楽器店にまで注文するのだろうか。その意味を知るのは大人になってからである。親も「後二年しか吹かないのにどうして」と愚痴を溢していた。

音楽の授業を初めて受けたのだが、これが予想以上に面白くない。音楽を聞くこと歌うこと奏でることが感受性豊かな子供の育成に繋がるらしいが、どこがどう繋がるのだろうか。全くもって意味がわからない。音楽なんてものはやりたい奴だけ勝手にやるもので、人に強制させてやるものじゃない。と、実際に受けてみて思うのだった。

僕が慣れないリコーダーに悪戦苦闘していると、隣の女の子が話しかけてきた。

「どうしたの？　吹けないの？　仲間だね」

「ははは」

僕は苦笑いで返すことしか出来なかった。その女の子もリコーダーでの演奏が出来なくて困っている様子だった。その子の指を見るとやけに小さい。僕と比べると一回りか二回り小さく、小学校低学年くらいの指を思わせた。そのせいか指の運指が上手く行かずに演奏も上手く行かない。

僕はリコーダーの運指に慣れて来たのか簡単な曲なら何とか吹けるようになってきた。普通ならそれを喜ぶ場面なのだが、音楽教師のせいでどうも喜ぶことが出来なかった。

エーデルワイスを何とか吹き終わった僕に音楽教師は言い放つ。

「あなた、もう少し流暢《りゅうちょう》に吹けないの？」と。

こちとらリコーダー歴数ヶ月なのに無茶を言うものである。このように児童に対して容赦なく罵倒をすることから音楽教師の児童たちからの評判は極めて悪かった。聞く話によると音大を高いカネをかけて卒業したのだが、どこのオーケストラにも楽団にも拾われずに在学中に嫌々受けていた教職課程を経て嫌々教師になったとのことであった。現に児童の保護者からも苦情が来るほどの罵倒をしていたのだが、学校側が毎回庇うので、どうにか教師を続けられていた。

僕の隣の女の子が吹く番がやってきた。運指が上手くできずどうにも上手く行かない。ピーだのプーだのといったとても演奏とは言えない、音楽ですら無い音が鳴り響く。それを見て音楽教師は明らかに苛立ちを隠せないでいた。演奏途中だというのにレイピアを思わせる先端の尖った指揮棒で彼女の手をピシリと叩いた。空を切る音が一番後ろの席にも聞こえてきたからほぼ全力で振ったと思われる。

「あなたどうして笛の一つも吹けないの！」

音楽教師は修羅の形相で彼女を怒鳴りつける。彼女は泣きながらごめんなさいごめんなさいと言うことしか出来ない。正直見ていられない光景である。

「小学校の低学年でも吹ける曲なのに恥ずかしくないの！」

「手が小さくて届かなくて」

「言い訳するんじゃない！」

何度もぴしぴしと手が叩かれる。血こそ出ないものの手の甲がミミズ腫れでいっぱいになってきた。

音楽の授業の度にこのような感じになり、彼女は音楽の授業がある日だけは学校を休むようになっていた。そんな最中、卒業生を送る会が開かれることになり、別に世話にも何もなっていない六年生を送り出す為のリコーダー演奏がなされることになった。その練習の指導も勿論、件《くだん》の音楽教師である。歌などであれば音楽の心得のない担任教師で十分なのだが楽器を使う指導となれば担任教師の出る幕はない。一日の授業の終わりしなに音楽教師が突如教室に入ってきて「これから卒業生を送る会の笛の練習しますよ」と、言いながら入ってくるのはもう恐怖としか言いようがない。

その練習でもやはり彼女は怒られた。ネチネチネチネチと運指が上手く行かないことに関して叱責される。

「あなた実は低学年ね！　その手の小ささ間違いないわ！」

今なら到底許されない発言であり手が小さい事に対する侮辱である。ちなみにではあるが音楽教師は別のクラスの担任をしている。友人の弟の所属する低学年のクラスを担当しているのだがこの際に「よの中にはからだの大きなひとも、小さなひともいます。からだの大きい小さいでからかったり、馬鹿にしたりしてはいけません」と宣っている。どうやらこの音楽教師は自分の都合で心も発言もコロコロ変えるろくでもない人間のようだ。

この侮辱が原因だったのかは分からないが彼女は卒業生を送る会を迎えずに音楽室で首を吊って自殺した。だらんと垂れ下がった手の甲には茶色く変色し消えぬミミズ腫れの痕が残っており、そこからダラダラと血が流れていた。そのぽたりぽたりと水滴のように落ちる先にはピンクのキャラクターものの封筒に入れられた遺書が置かれていた。

遺書には「おとうさん、おかあさん、おねえちゃん、ごめんなさい」と言った旨の後に「リコーダーが吹けなくてごめんなさい」と書かれていた。それから程なく追悼の全校集会が開かれた後、僕たちのクラスでも緊急の学級会が開かれた。彼女に対する黙祷でもするかと思われたが信じられない事を担任教師は言った。

「あなたたち、音楽の先生がやったことは誰にも喋らないで下さい。喋るとこの学校が大変なことになります」

いわゆる口止めである。音楽教師がやってきたことがバレれば学校側の責任は免れられない、そこで学校側は音楽教師のやったことを口止めして、そのまま時の経過を待ち事態の沈静化を図る腹算段であった。

ネックは遺書であるが「リコーダーが吹けなくてごめんなさい」としか書かれていないので音楽教師がやったことは児童たちが黙っている限りバレることはない。

彼女の自殺は新聞の三面記事と地方ニュースで数秒取り上げられる程度の扱いであった。

彼女の両親に真実を伝えようかとも思ったがそれを知れば余計に両親は苦しみ自分を責め

るだろう。それを分かっていた僕は卑怯とは知りつつも胸の奥に仕舞っておくことにした。

僕はそのこともあってか中学生になったら再び前にいた私立に戻りたいと考えるようになった。親に相談してみたら「電車通学になるけどいいね？」と言うので二つ返事でそれを了承した。通学に電車で一時間は中学生には厳しいとは思えたがそれよりも中学校に行ってまであの時の友人と面を突き合わせるよりはマシだと考えていた。

やはりそこでネックになるのは音楽の成績であった。何とかリコーダーは吹けるようになったものの二年の差がある皆とは実力の差があるらしい。ペーパーテストも満点を取り歌も音程を合わせて歌えているのに何故か音楽の成績は五段階評価の「2」であった。

私立中学の面接でも「音楽の成績が悪いようですが真面目に受けてないのですか？」と、聞かれてしまった。音楽の授業が存在しない私立中学でも気になる要素のようだ。授業態度の問題だろうか。そこは「音痴なもので」などと適当に誤魔化しておいた。


中学生になって僕は私立中学に進学した。大体二年ぶりに会う仲間と談笑をしていると僕がいた小学校の話になった。

「呪いの音楽室って知ってるか？」

嫌なことを思い出させるものだ。僕は適当に相槌を打った。

「うん……。女の子が首吊ってるんだから呪われてるわな」

「ちげーよ。音楽室でリコーダー吹いてると「大きい指……いいな」って聞こえてくるんだよ」

よくある学校の怪談という奴か。赤いちゃんちゃんこや赤マントや「あたし、綺麗？」の亜種的な話だろう。「指」というのが引っかかっていたが僕のあまり出来の良くない脳みそは「指」のことをすっかり忘れ去っていた。

「で、それから「大きい指、欲しい」って言うんだよ。その問いかけに対して「良いよ」って言うとスパって全部切られて持っていかれるんだ」

「ケジメでもつけなきゃいけないわけ？」

「これで断ると「大きい指、羨ましい、憎い」って言って全部切られて落とされるんだ」

「はいでもいいえでも最悪じゃないか」

「だろ？　もう五人もスパスパやられてるらしいぜ」

「どうせ裁断機で間違ってザクリといったとか、音楽室で紙切る作業やってる最中にカッターナイフでスパッと軽く切ったって話が独り歩きしてるだけだろ？」

「合理的だねぇ。でも確かめてみたいじゃないか」

「別にどうでも良いよ。あんなクソ学校で起こることなんて」

「お前が二年間転校してた先だろ？　お前の新しい新居まだ行ってないことだしさあ、ついでに噂が本当か確かめたいんだよ」

僕の新しい家に友人が遊びに来た。そのついでとして「呪いの音楽室」の噂を確かめる為に二年間しか通ってない小学校に行くことにした。この当時は今程警備が厳しいということも無くすんなりと学校の中に入ることが出来た。

授業も終わり児童たちは皆帰り、教師たちも職員会議で職員室に籠もりだす頃、それを職員室の扉の窓から確認した僕たちは足を忍ばせながら音楽室に向かった。鍵は掛かっていなかった。五線譜の描かれた音楽室特有の黒板に合唱コンクールの曲の歌詞が書かれているることから入れ替わり立ち替わりで音楽室を使っているクラスがあって、そのうちの最後に使ったクラスが掛け忘れたと言うことが予想出来た。

「さて、ここでリコーダーを吹くんだったな」

友人はショルダーバッグから緑色のスケルトン柄にラメの入った如何《いか》にも玩具ですと言わんばかりのリコーダーを出した。

「百均で買ってきた」

友人は適当にリコーダーを吹いた。生まれてこのかたリコーダーに触れ合う事が無かった友人は適当にピロピロとしか吹くことが出来なかった。

「おい、先生に聴かれない程度には大人しくしてくれよ」

それからも不協和音が鳴り響くが一向に何も出てこない。やはり下らない噂だったか。僕はこれ以上の長居は無用だと踵《きびす》を返した。

「おい、お前なら何か曲吹けるよな？　こんな適当に吹いていたんじゃリコーダーの練習じゃなくて遊んでるだけだ。なんか吹いてくれよ」

友人は僕にリコーダーを差し出した。せめて口ぐらい拭いたらどうだと思ったが、僕とこいつはペットボトルの回し飲みを平然と出来る関係である。唾液塗れのリコーダーではあったが些末な問題であった。

「じゃ、アマリリス」

「フランス土産〜って奴だったな」

僕はアマリリスを吹ききった。久しぶりではあったが指が自然に動くところを見ると、継続は力なりという言葉は真実なのだろうか。

「上手上手」と、言いながら友人がパチパチパチと拍手をした。

所々指が押さえきれずに変な音になっていたが気づかないようだ。それでも噂の「大きい指……良いな」の声は聞こえてこない。こんなところでリコーダー独奏会なんてやる筋合いは無い。さっさと帰るとしよう。

「もう一曲」

面倒くさいな。僕は仕方なく楽譜無しでも吹ける曲を頭の中に思い浮かべた。真っ先にエーデルワイスが思いついた。この学校に転校してきた当時は「小学校三年生のリコーダーの吹き始めにやる曲なのに何故吹けない」と、なじられたものである。僕の転校前の私立の学校は音楽の授業が無かったと言っても「言い訳するな」と一蹴された事を思い出した。僅かに気分が暗くなったところで僕はエーデルワイスを吹き始めた。

翻訳者によって日本語訳に差が出るエーデルワイスだが納得できない所がある。僕の使っている教科書では「悲しい心慰める花」とあるが、この曲自体が物悲しいし、リコーダーが上手く吹けない僕からしたら慰められねぇよクソがという気分である。そんなどうでもいいことを考えていたその時、ついに来てしまった。

〈大きい指、良いなぁ……〉

高いながらに聞き覚えのある声だった。まだ声変わり前の友人の悪戯だろうと思い僕は友人に問いかけた。

「おい、悪戯はやめろよ」

友人は首を振って否定のジェスチャーを取る。友人じゃないとすると……。

〈大きい指、欲しい。リコーダー吹けないと先生に怒られるから……指……ちょうだい？〉

本当に来てしまった。友人にも聞こえているのか真っ青な顔をしながらこちらを見ている。

「お、おい……回避法とかあるんじゃないのか」

大体この手の話には何も被害を受けない回避法がある。大体は話を持ってきた奴が本当なり嘘なりの方法を知っているものである。

「し、知らねぇよ」

使えない友人である。このままだんまりを決め込み持久戦に持ち込もう。と、思った瞬間に手の甲から指に激しい痛みが走った。いつか見たようなミミズ腫れが手の甲に付く。

〈どっち？　大きい指、くれるの？　くれないの？〉

僕は痛みに耐えた。手に激しい痛みが走る、こんなに痛いならもう指なんかいらないと思った僕は言ってしまった。

「いらない！　でも指はあげない！」

〈羨ましいなぁ〉と、聞こえた瞬間に僕の指は切れた。切れたと言っても切断までには至らずに指先の第二関節から手の甲に至るまでの関節の間に深い切り傷が出来ただけであった。痛みでよくわからないが多分骨にまでは至って無いだろう。

手の甲からダラダラと血を流しながら僕は呆然とその場に立ち尽くした。そして、出血のせいか僕は気を失った……。


目を覚ますと僕の家から程近いかかりつけの病院のベッドだった。恐る恐る手の甲を見るとミトンを思わせるように手全体が包帯に包まれていた。

それから程なく、警察の事情聴取を受けることになった。僕は包み隠さずに全てを話した。

「こんな下らない噂で学校に忍び込むなんてとんでもない悪ガキだ！」

はい、悪ガキです。友人も半べそをかきながら僕の寝るベッドの脇で事情聴取を受けていた。指を切った原因は音楽室にあったメトロノームが落ちてきたという何とも納得出来ない話になっていた。どれだけ噂を本当にやったと言っても信じてもらえなかった。学校側が主張するピアノの上に乗っていたメトロノームの固定が甘かったという主張を信じている体であった。

傷が塞がり退院したその足で僕と友人は家族連れで学校に謝りに行くことになった。確かに悪いことをしたのは認めるが何か釈然としないものがある。

もう一生分ぐらい家族共々米搗《こめつ》き飛蝗《ばった》のように頭を下げる。そして帰りしなに僕はかつての担任教師に呼び止められた。

「お前、手はどうだ？」

「まぁだジリジリしますし痛いんだか熱いんだかよくわかんないですよ」

思いきり嫌味ったらしい口調で言ってやった。せめてもの抵抗だ。

「ここだけの話にしといてくれよ。お前には知る権利があるかもしれん。あんまりペラペラ喋るなら今のお前の学校にあること無いこと言うからな」

真実を教えたいのか脅したいのかどっちなのだろうか。僕は今の学校にも連絡が入り停学処分を受けることを覚悟していたのだが、温情から黙っていてくれるとのことだった。

しかし、こうして脅迫のネタとして使ってくるあたり、罪の意識と下衆の根性がせめぎ合っているといったところだろう。

「実はな、お前で六人目なんだよ」

「え？」

「音楽室で「指くれ」って言われたんだろ？　お前がやられる前にもう五人やられてるんだよ。お前がまだ最後にここにいた時の一年間にもやられてる奴いるんだよ」

「ちょっと待って下さい。意味が分かんないんですけど」

「俺は幽霊とかオカルトなんて信じないけど……。多分、あの子がやってるんだろうな」

「そんな馬鹿な」

「お前確かあの子と席隣だったよな？　その縁か優しくしてくれたのかも知れないな」

僕の頭の中に一つのことが過ぎった。あの子をこんな風にしてしまった音楽教師は今何をしているのかが気になった。

「あの、音楽の先生は？　この前入り込んだ時に職員室を覗き込んだのですけど……。お見かけしなかったのですが」

「お前案外目ざといやつだな。あの先生はお辞めになったよ。単なる転任だ」

あの子をあんな目に遭わせた原因を作っておいて自分はさっさと逃げたのか。胸糞の悪い話である。

あれから三十年……。結婚し、妻子に恵まれた私は実家から程近い場所にマイホームを建てた。息子の小学校の学区があの二年間だけ通っていた市立小学校になることが引っかかったが値段と今の収入と通勤時間を考えるとここしか無かったので妥協することにした。

ある日の夕食中、小学六年生の息子がふと言い出した。

「ねぇ、パパ。呪いの音楽室って知ってる？」

私は思わず箸を落としてしまった。それと同時に手の甲に僅かに残った古傷がじりじりと痺れだす。

「どうしたの？」

「いや、何でもない。で、その呪いの音楽室とは何かな？」

誰よりもよく知っていることだがすっとぼけておいた。

「うん、僕の学校の音楽室に昔から伝わる話なんだけどね……そこで縦笛の練習をしてると女の子の声で「大きい指、良いな」って聞こえてくるの。それから「指欲しい」って言うからその問いかけに答えると指を持ってかれちゃうんだって。バカバカしい話でしょ？」

「全くだ」

全く同じ噂が三十年も流れ続けているとは。息の長い噂話である。

「もう五十人超えてるらしいよ」

人数が増えているということは昔の私達みたいに馬鹿をやる人間が毎年出て、児童が不幸にも巻き込まれているのだろう。息が長い噂話になるのも納得というものだ。

「この前クラスの女子が試しにやりに行ったんだ」

「どうなった？」

「転校しちゃった」

「はぁ？」

「お父さんの急な転勤らしくて」

娘さんに何かあって転校する時の常套句だ。近所に変なおじさんが出没した時にもこうして転校した女の子がいたものである。

「それでね、今度僕も友達と一緒に確かめようと思って。スマホでずっと撮影するんだ」

「絶対にやめろ。いいな」

私はこれまで息子に見せたことが無いような修羅の形相を見せた。これで素直に従うような素直さはこの年代の子供には無い。息子に厳命するのは勿論のこと、学校に連絡して音楽室の施錠をお願いするしか無い。

息子は私から視線をそらすように切られていたテレビを点けた。いたたまれなくなったのだろう。

「こら、食事中はテレビやめるように言っているだろ」

テレビに映し出されたのは六時十五分を過ぎた後に始まる各地方テレビ局のローカルニュースコーナーであった。今日は「音楽教師生活三十年のベテラン先生」というコーナーであった。そこに映し出されていた顔を見て私は愕然とした、あの時の音楽教師である。歳こそとっているが間違いない。内容はというともうすぐ定年だというのに子供たちに仲良く優しく歌や楽器を教える先生であると持ち上げに持ち上げられていた。編集のマジックが凄いのか歳をとっていい先生になったのかは分からない。

コーナーの最後に音楽教師はこう言って締めた。

「私は楽器の弾けない子でも音痴な子でも向き合い、音楽を楽しいと思えるような教育をしてきました」
私はテレビを切った。

忌書

三石メガネ

私は中学生の頃、図書委員をしていた。

ここら辺の中学では一番生徒数が多いということもあり、図書室は広くて蔵書も充実していた。

忙しくはあるのだが、本好きというのもあって苦にはならなかった。誰がどんな本を借りるのかを知るのは結構楽しい。

話したことのない子でも、差し出された本からなんとなく内面が想像できる。

似たような読書傾向の子を見つけると、その子が借りた本で未読のものを試しに読んでみたりもした。

私が畑山《はたけやま》美弥子《みやこ》を知ったのも、図書委員になってからだ。

彼女とはカウンター越しにしか話したことがない。

もちろん事務的なやり取りだけだ。

クラスも違うし部活も違う。

けれど、本の好みだけは驚くほど似ていた。

彼女の借りる本は私が好きな作家ばかりだ。

ライトでポップな作風が流行る中、畑山美弥子は重厚なストーリーの作品を好んだ。

私もそうだ。

個人的な話をしたことはないけれど、密かに同士のように思っていた。


ある日、彼女は私が読んだことのない本を借りた。

私は返却期限日をチェックし、彼女が返しに来るのを待った。きっと面白いんだろうな、と思いながら。

彼女が来ないまま返却日を迎えた。

二日後、三組の女子が入院したという話を聞いた。

美弥子だった。

自宅が火事になったらしい。

入院というのは、火傷をしたということなのだろうか。
知りたかったけれど、私にはそれ以上の情報を得る手段がなかった。
彼女が誰と親しかったかすら知らないのだ。
結論から言ってしまえば、美弥子が学校に来ることは二度となかった。
当時の私はすぐに帰ってくるだろうと楽観視していた。
そして、本はどうなったのだろうと呑気に考えていた。
火事で燃えてしまったのかもしれない。
ただ、返却日から二日後に火事が起きたという点が引っかかった。
彼女は一度たりとも返却期限を過ぎたことはなかったのだ。
返却日に何かあったのだろうか。
不穏な予兆めいたものがそこにあるような気がしたが、それきりだった。
思索するには材料が少なすぎる。

黒い霧のような思いを抱えたまま、時間だけが流れた。
畑山美弥子が学校に来なくなってから数か月が経ち、彼女の記憶も薄れ始めた頃だ。

私は返却本を棚に戻す作業をしていた。
そして偶然、一冊の本を見つけた。
「あれ……この本」
記憶がよみがえる。
美弥子の本だ。
彼女の家が火事になる直前に借りた、あの本だった。
「……なんでここに？」
書架のあいだで首をひねる。
燃えてはいなかったのか。
私がカウンターにいなかった時に返却されていたのかもしれない。
返却日よりも前、私が当番ではないときに返しに来ていたのかも。
そう思いながら、私はその本を手に取った。
表紙がじわりと温《ぬく》い。
まるで人肌のようだったが、素材のせいだろうと深くは考えなかった。
そして一番後ろのページをめくる。

当時の図書室にはバーコードリーダーなどというものはなく、本一冊一冊に貸し出しカードが貼られていた。

その本を借りた人が名前と貸出日、返却日を書き込んでいくシステムだ。

「借りた人」の欄が、「畑山美弥子」で止まっていた。

返却日の欄を見る。

思わず声を上げてしまった。

か細い字で書かれた十一月四日の文字。

この本が返却されるのをひそかに待っていた私には、その日が何を意味するのかも分かる。

期限日の二日後——つまり、畑山美弥子の家が火事になった日だ。

私の悲鳴を聞きつけ、先輩の図書委員が様子を見にやってきた。

私は大丈夫だと答え、震える手で本を書架に戻す。

顔色が悪いと言われ、カウンターの後ろでしばらく休ませてもらうことになった。

「なんかあったの？」

カウンターに座った一つ上の先輩が声をひそめて訊いてきた。

「……実は」

勘違いかも知れないんですけど、と前置きして話し始める。

利用客が少なかったのもあり、彼女は最後まで口を挟むことなく聞いてくれた。

そして私が全てを言い終えたあと、こんなことを話し始めた。

「もう卒業した先輩に聞いたんだけど。この図書館って寄贈本も結構あって、まあ地元企業とかから貰ったのがほとんどなんだけど、あるとき個人からの寄贈があったんだって」

「個人からの……？」

「近所のおばさんが何冊か、読み終わった後のやつをね。おばさんの娘が好きだった本なんだって」

「大事な本を？　なんでまた？」

先輩は整った眉をしかめる。

「……その子、自殺したらしくて」

え、と声が漏れた。

自殺者からの寄贈本。

そんないわくありげなものが、この図書室に。

「未来がある子たちのためにぜひ、とか言われたら校長も断れないだろうしね。なんの本かは知らないけど、その本を借りると呪われるんだって、その先輩が言ってた」

畑山美弥子が最期に借りたあの本こそがそれなのだろうか。

先ほど手に取ったことを思い出し、思わずスカートで拭う。

「なんか、それ聞いてからあんまり図書室で本借りたくなくなっちゃってさ。だって、考えてみれば本っていろんな人の感情が一冊に詰まってるわけでしょ？　書いた人も、読んだ人も、書かれてる登場人物たちも……。一冊一冊にたくさんの人の感情がごった煮になって染み込んでて、そんなものが隙間なくぎっしり詰まってるのがこの図書室なんだなあって考えたら……」

先輩は言い淀んだのち、気まずそうに視線を逸らした。

「……その中に一冊くらい良くないものが混じってたとしても、全然不思議に思えないんだよね」

だから少ない小遣いで買ってるんだ、と先輩は言った。

やっぱり本って面白いから、と。

しばらくして私は図書委員をやめた。

そして、奇妙なことに気付いた。

……あの本のタイトルが思い出せない。

内容も、作者も、ジャンルさえも、記憶に靄がかかったように分からない。

図書室に行って探したけれど、ピンとくるものがない。

あの日、偶然見つけたあのときは、本能のままに惹かれ吸い寄せられたのに。

この調子だと間違えて借りてしまうかもしれない。

もし畑山美弥子のような目にあったらと思うとぞっとした。

けれど、さらに怖いことがある。

先輩の語っていた理論だ。

私は、本がどれだけ人の心を揺さぶるのかを知っている。

喜びも感動も、ときには恐怖や怒りも、ページをめくる指先から我がことのように感じ取ってきた。

だからこそ分かる。

毎日書架に並び、長い年月をかけて多くの人に読まれた本に、どれだけの念がこめられているのかを。

たとえば今も、どこかの図書室で強い負の感情を吸い続けている本があるとしたら。

……忌まわしい書物の一冊や二冊、意外と身近にあるのかもしれない。

図書館の噂

科野宴

「ねえ知ってる？　この高校の図書館の噂」

それは昼休み時の友人の一言がきっかけだった。

高校に入学して一か月と数日。ゴールデンウィークも終わればクラスの雰囲気は落ち着き、いくつかのグループができていた。

「ひょっとしてあれ？　呪いの遺書」

「そうそれ。昨日部活の先輩に教えて貰ったの」

「あ、あたしもこの前聞いた。図書館の本の間に遺書があるってのでしょ」

他の友人も同調する中、その噂を知らないのは活動的とはいえない手芸に所属する自分だけらしい。

知らない、と首を横に振ると最初に話題を振った友人が問いかけた。

「この高校の図書館ってなんで一階にあるか知ってる？」

「普通に設計で、とかじゃないの？」

「昔は三階にあったんだって。あの鍵がかかってて生徒立ち入り禁止の資料室。でね、なんでそうなったかって言うと、図書館が三階にあった頃、事故が続いたから一階の教室を改築して移したんだって」

「……事故って転落して亡くなった生徒がいるって、あれ？」

この高校は生徒の転落による死亡事故が多かった。地元では有名な話だ。

だからなのか、いまだに進学にあたって良い顔をしない保護者もいるらしい。


「そうそれ。実は亡くなった生徒全員、図書館の窓から転落したんだって。その原因っていうのが図書館の本のどこかに昔自殺した生徒の遺書が隠されてて、亡くなった生徒はその遺書を見つけちゃった生徒なんだって」

「なにそれ？　この学校で自殺した生徒がいたとか聞いたことないよ」

思わず顔を顰《しか》めると、友人は周囲を窺うようにわずかに顔を寄せた。

「あのね、学校は不幸な転落事故で終わらせちゃったらしいんだけど、何十年も前にいじめを苦に自殺した生徒がいて、その生徒は自分をいじめてた生徒の実名を書いた遺書を自分の机の上に置いて、放課後の屋上から飛び降りたんだって。その遺書を最初に見つけたのがいじめてた生徒の一人。いじめがばれるのが怖くなって捨てようとしたけど、学校中大騒ぎになってたから自分が借りていた図書館の本の中に隠して家で捨てようと持って帰ったんだって。ところが確かにバッグに入れたはずの図書館の本が遺書ごと無くなってて……。それ以降、無くなったはずのその本が図書館に戻ってて《その本》に隠されてる遺書を見つけると自殺した生徒に襲われて……窓から落ちちゃったんだって……」

「私が聞いたのなんだけど……二十年位前に、図書館の窓から転落した生徒が『遺書が……遺書が……』って言ってたんだって。それで結局図書館を一階に移したんだって」

そっと他の友人が付け加えると、そのままグループ全員が口を閉ざしてしまう。お互いに次の言葉を探るような雰囲気になり慌てて口を開いた。

「……あ、でも蔵書点検とかあるんじゃないの？　そういう時に見つかりそうだけど」

「って思って私も先輩に聞いたの。でも蔵書点検って本があるかないかを調べるだけだから分かんないんだって」

「それさ、いじめてた人達にやってよって感じしない？」

「だよね。後輩に迷惑かけないでほしいー」

暗い話題を払しょくするかのようにどっ、と笑いがおこる。

結局話はそのまま終わり、話題は昨夜放送されたドラマへと移っていった。


放課後、読み終わった本の返却と続きを借りるため図書館に向かったのだが、静まり返った室内に昼間聞いた噂話を思い出し後悔してしまう。

いつものならば当番の図書委員や自習をしている生徒が何人かいるはずなのだが今日に限って誰の姿もなく、運動部の掛け声や廊下ではしゃぐ生徒の声や足音が聞こえてくるにも拘わらず、ここだけが隔絶された雰囲気に満ちていた。

「……あんな話、聞かなきゃよかった」

明日にしようかとも考えたが、やはり続きが気になる。

図書委員不在時のため自動返却機で返却手続きを済ませ、本の続きを取りに書棚に向かう。

目当ての本を手に取った時、一冊の本が目についた。

他の本に比べてやけに古い。貼られているラベルも今のラベルと形式が違う。

早く帰ろうと思っているのに、ついその本に手を伸ばしてしまった。

表紙を開くと古い本特有の匂いが鼻につく。ページを捲ると薄茶色に変色した一枚の紙が挟まっていた。

《私はいじめにあっていました。私をいじめていたのは同じクラスの……》

その瞬間、血管に氷水が流されたかのように体が芯から凍え、息が詰まる。


あんな話、作り話だ。これは性質《たち》の悪いいたずらだ、と考えるもどうしても恐怖が拭えない。落ち着けと自分に命じ、喘ぐように呼吸をしながら震える手で慌てて本を閉じ書棚に戻した時だった。

『……どー……て……の』

小さな低い声が聞こえ、顔を背けたくなる異臭がどこからともなく漂ってきた。

背後に気配を感じ振り返ると、床で大きな黒い塊が蠢いていた。

『ど……し……て……す……の……』

ゆっくりと塊が立ち上がる。

あれは人間だ、となぜか分かった。そしてこの鼻をつく異臭の正体が血の臭いであることも。

左半分がむごたらしく潰れた血まみれの顔、だらりと垂れさがった左腕。

「ひっ！」

黒いセーラー服を着た髪の長い少女が膝立ちの姿勢でゆっくりと近づいてくる。縋るように伸ばされた右手から逃れようと後ずさるも、すぐに書棚にぶつかり身動きがとれなくなった。

『どう……して……隠す……の』

いびつな動きをする唇から赤黒い血が滴り落ちる。

『どうして……隠すのよぉぉぉぉ！』

絶叫と共に白濁した目がぎょろりと動き、軋むような鈍い音をさせながら立ち上がると、生臭い息が顔にかかる。

「……来ないで！」

手に持っていた本を投げつけ、弾かれたように一気に走り出す。

図書館から離れたい。あの人物から逃れたい。その一心で走り続ける。

近くから聞こえた高いクラクションの音に我に返り立ち止まると、大型トラックがすぐ目の前に迫ってきていた。

「……この前、一年生の子が正門からトラックの前に飛び出しちゃった事故あったじゃん。図書館のあの遺書見つけちゃったらしいよ。……あたしの友達の彼氏が目撃者らしいんだけど……救急車来るまで『図書館の遺書……』とか言ってたんだって……」

卒業生

淡雪りんご

その日は雨の降る土曜日だった。

私の通うM第一高校では、土曜日は自主登校日となっており、自主的に勉強や部活動の練習に励めるよう各教室が開放されている。

私は美術部に所属していて、もうすぐ行われる夏の写生大会に向けて絵の練習をしようと学校へ向かった。

しかし、学校行きのバスに乗ろうとした駅で通り魔事件が発生したとかで駅は大混乱に陥っていた。

そのため学校に着いたのは正午を少し過ぎた頃。

まあ、登校時間が遅れたところで私を叱る者は誰もいない。

土曜日の休日まで使って熱心に部活動に励む美術部員なんて私くらいしか存在しないわ

けで。

今日も土曜日の美術室には私一人しかいないだろうと思って教室の扉を開けると、

「……え？」

教室の窓際に一人、ジャージを着た妙齢の男性がイーゼルを立て、キャンバスに向かって絵を描いていた。


ジャージの男性は私と目があうと話しかけてきた。

「美術部の子？」

「え、はい」

「そっかぁ、じゃあ俺の後輩にあたるわけか」

男性はニコッと人懐っこく笑うと、

「俺、この高校の卒業生の榊原《さかきばら》。美術部のＯＢってやつ」

と軽く自己紹介をした。

「卒業してから何年も母校に来てなかったからさ、どうなってるかなぁって様子見に来たの。そしたら懐かしくなっちゃって」

「……つい絵を描いちゃったんですか」

そうそう、と頷く先輩の隣に立て掛けてあるイーゼルには描きかけの絵が見えた。

先輩のジャージは絵の具まみれだった。

彼が着ているジャージは今年から新しいデザインになったものだったので、美術部に置いてある貸し出し用の物を借りたんだろうと推測した。

「勝手に置いてあったの借りちゃったんだけど、洗って返さなきゃダメかな。でも、俺が持って帰ると盗んだみたいな扱いにならないかな？」

先輩が困った表情を浮かべているので、私はある提案をしてみた。

「だったら私がジャージを借りたことにするので、洗って返しときますよ」

「本当⁉」

「ええ、美術部のよしみです」

それに、私は嬉しかったのだ。

上下関係の繋がりが薄いこの部でＯＢと呼べる人に出会えたことが。

「ジャージはいいとして、元の服は雨で濡れてたりしてません？　確か準備室にドライヤーもあったような気がします」

「いやぁ、それが……」

そう言って先輩が手にしていたのは赤や黄、緑色の絵の具で汚れきったワイシャツだった。

「実はジャージに着替える前に既に汚しちゃってて」

「なんで描く前に着替えなかったんですか……」

「すぐにでも描きたくて美術部だった頃の血がウズウズしちゃったんだよー」

全く、茶目っ気のある先輩だな。

私はそんな先輩を見ていて微笑ましくなった。

それから今の美術部のこと、学校での出来事などを二人で話していると、時間はあっという間に過ぎていった。

先輩はジャージから、気持ち悪くないのか絵の具で汚れたワイシャツに再び着替えると、「じゃ、俺行くわ」とイーゼルを片付け始めた。

「その格好だとすごく目立ちますね」

「そう？　奇抜でカッコいい？」

「悪目立ちです。だらしない美大生みたい」

「ははっ。言うねぇ。……でも、それでいいんだ」

それが俺の演出だから。

そう言うと先輩は美術室を後にし、雨のせいで余計薄暗くなった廊下へ消えていった。


家に帰宅し、家族で夕食を食べていると、つけていたテレビのニュース番組で今日起きた通り魔事件が報道された。

『今日二十二日、Sノ坂駅構内で刃物を持った男が女子高生を刺殺する事件が起きました。被害者はM第一高校に通う女生徒で……』

「あら、M第一ってあんたと同じ学校の子じゃないの」

「しかもSノ坂駅ってお姉ちゃんの高校と結構近いよね」

母と妹が食い入るようにテレビを見つめ、あんたじゃなくてよかったねー、と安堵の息を漏らしている。

私も、物騒な世の中だなぁと思いながらニュース速報を見る。

テレビの画面には誰かが撮ったのだろう、証拠画像なるものに犯人と思われる男が一瞬映っていた。

その一瞬。

画像を見た私は凍り付いた。

『入ってきた情報によりますと、男は未だに捕まっておらず、逃走中です。男の特徴として、外見は二十代前半くらいで白のワイシャツを着ており、シャツには被害者の返り血が付いていると見受けられます』

ニュースで報じられた犯人の姿は、今日美術室で会った先輩と一致していた。

ニュースキャスターは平坦な声で今日起きた事件を読み上げる。

『犯人は現在も逃走中です。近隣の皆様はくれぐれも余分な外出は避けるようご注意ください』

よく考えれば不自然なことだらけだった。

なぜ彼が今日学校に訪れたのか。

なぜ美術部のOBを名乗ったのか。

例えば、白いシャツに付いていた赤、黄、緑の絵の具のうち一色だけ絵の具じゃないものが混じっていたとしたら。

――それが俺の演出だから――

あの時少しでも先輩の言葉に疑問を感じる自分がいたら、私は今頃ここにいなかったかもしれない。

あまりにも身近に存在した死に、私は戦慄した。

後に聞いた話だが、榊原という美術部のＯＢはやはり存在しなかった。

ちぎり人形

湧田束

　普段は騒々しいほど快活な里奈が、昼休みにも拘わらず珍しく机に向かって熱心に何かを作っていた。

「何それ？　紙相撲でもするの」

　軽口を叩きながら前の席に座る私に、口を尖らせた里奈が返す。

「違うわよ、契《ちぎ》り人形。最近流行ってるでしょ」

「契り人形？」

　首を傾げる私に、里奈は色紙で折った人形を見せる。確か『やっこさん』と言ったか。子供の頃に折ったことがある気がする。

　紐を結わえられたその人形を指で突つこうとするが、里奈は慌てて手を引っ込める。

「ダメよ、触っちゃ。ご利益が無くなっちゃうでしょ。これは普通のやっこさんと違って、大願成就の願掛けなんだから」

「ってことは……恋愛？」

もちろん、と言って里奈は大事そうに赤い紙人形を手の平で包む。

「こうして名前を書いた人形の中に、成就したい相手の持ち物を入れておくの。紐が切れたら願いが叶うのよ」

「ああ、ミサンガとかプロミスリングってやつ？　で、そのご相手は？」

頬杖をついて訊ねると、里奈は照れ笑いしながら答える。

「えーとね……神津。神津駿介。あいつさ、結構良い感じでしょ」

「そうだっけ」

「そうよ。私さ、こないだ階段で転んだ時にあいつに助けてもらったの。普段はぶっきらぼうなくせに、急にハンカチ出して『大丈夫かよ』って手握って引き起こしてくれたのよ。もう何て言うの、グッときちゃったわよ」

人形を胸に当てて嬉しそうに言う里奈の机の上には、ハサミで切られたハンカチの切れ端が置いてあった。

「まさかこれがその時のハンカチ？　っていうか神津のやつでしょ」

訝しげに眉をひそめていると、里奈は頬を緩めて言う。

「大丈夫、大丈夫。膝擦りむいて血が付いちゃったから、神津には新しいの買って返しといたから」

「ああ、そういうこと。で、体よく相手の持ち物を手に入れたってことね」

「そうそう。これも運命ってやつ。このハンカチの切れ端を入れた人形の紐が切れたら、契約完了。晴れてステディな関係になれるのよ」

「はあ。だから……契り人形ね」

小さく溜息を付いて窓枠に寄り掛かる。確かに最近、バッグや手提げにこの人形をぶら下げている生徒が多い気がする。

私はこういう信心めいたものは信じないが、学生の間の他愛ないマジナイのようなものだと思っていた。

数日後、あの出来事が起こるまでは。

＊　　＊　　＊

翌週、神津駿介は右手に包帯を巻いて登校してきた。

痛々しく三角巾を首から下げた彼は、サッカーの試合中に転んで骨折したのだと苦笑いしながらクラスの皆に説明した。

里奈が真剣な表情で話し掛けてきたのは、その日の放課後だった。

「ねえ、遥。糊持ってない？　セロテープでも良いんだけど」

「いや、持ってないけど。絆創膏ならあるわよ」

そう言って絆創膏を渡すと、里奈は急いでバッグから紙人形を取り外す。

「何してんの？」

「この人形、腕が取れかけてて。で今日、神津も怪我してたでしょ。手当てしとかなきゃ、って思って……」

「考え過ぎ。偶然でしょ」

「ダメよ、こういうのは気持ちが大切なんだから。想いの強さが願いの強さにも繋がるのよ。あ、体も破れかけてるわね、もう一度折り直さなきゃ」

里奈は机の上で慎重に人形の折り目を解いていく。広げた人形の中にはこの間のハンカチの切れ端が入っていて、そこには神津駿介と里奈の名前が書かれていた。

「それ……」

私の目に止まったのは、名前の周囲にびっしりと書き込まれた記号や梵字、漢字が混じった奇妙な赤い文字の列だった。


視線に気付いたのか、里奈は肩を竦めて言う。

「ああ、これは契り人形の裏技。確か護符って言って、お守りにも入ってるくらいご利益のあるおまじないなのよ」

「何だか……仰々《ぎょうぎょう》しいわね」

「でもこれ書くの大変だったんだから。鏡文字で書き写して、しかも左手で書かないといけないのよ。めっちゃ時間かかったんだから」

里奈は再び丁寧に折り紙を元の人形の形に戻し、取れかけた人形の右腕に絆創膏を巻き始める。

「これって契り人形やってる生徒の中でも、一部にしか知られてないのよ。すごいレア技なんだから」

「あんまり、のめり込み過ぎない方が良いと思うけど……」

それとなく忠告してみるが、里奈は絆創膏を巻き終えた人形を空中にかざして満足気に微笑む。

「実はね、これから神津が通う病院に一緒に付き添いに行くの。ほら、片手じゃいろいろ不便だろうって言ったら、じゃあ面倒くさいからお前も付いてきてくれよ、ってさ。まったく、あいつも素直じゃないんだから」

「なんだ、結局惚気《のろけ》じゃないの」

「そう言わないの。神津とうまくいったら、遥にも縁結びの契り人形の作り方を教えてあげるから」

里奈は席から立ち上ると、バッグに結わえ直した人形を見せながら教室を出ていく。

「……」

独り教室に残された私は、指先でコツコツと机を叩く。

あのびっしりと書き込まれた赤い護符文字のどこか異様な禍々《まがまが》しさに、胸騒ぎがした。

おそらく待ち合わせしていたのだろう。校門で待つ神津駿介の元へと駆け寄っていく里奈の後ろ姿を窓から確認した後、私は席を立つ。

向かったのは、校舎の管理棟にある小会議室だった。


ひと気のない小会議室のドアの前に立ち、深く呼吸する。

新美蓮珠《にいみれんじゅ》と話するのは、一年ぶりだった。一年生の時に同じクラスだったとはいえ、彼女とはあまり会話もしたことがなかった。いや、それでも私はまだ彼女と交流していた方かもしれない。クラスメイトのほとんどは、彼女の特異な志向性とその偏屈な気質に明らかに距離を置いていた。

「……うん、大丈夫」

自分を奮い立たせるように一度唇を噛んでから、扉をノックする。

蝶番《ちょうつがい》の軋むドアを開けると、彼女はノートパソコンに向かいながらちらちらとこちらに視線だけを向ける。

「何か用？　楠木さん」

その突《つ》っ慳貪《けんどん》な言い方に躊躇しながらも、私はおずおずと狭い室内に入る。

「あの……新美さん。ちょっと訊きたいことがあって……」

「構わないけど、あまり時間がないから手短に」

彼女はキーボードを叩きつつ、目線を長机の向かいにあるパイプ椅子に送る。座れということだろう。

新美蓮珠はたった一人しか居ない郷土文化研究会のメンバーだ。とは言っても、周囲からはオカルト同好会だの心霊研究会だのと揶揄されていた。

机の周りに積まれた郷土資料や文献の山を見渡しながら、私は椅子に腰を下ろす。

「あの……久しぶり。新美さんっていつもここで活動……」

「世間話は結構。私、嫌いなの。そういうまどろっこしいの」

言葉を遮ってぶっきらぼうに告げる彼女に戸惑いつつ、私は話を切り出す。

「じゃあ……用件だけ。『契り人形』のことについて訊きたいんだけど」

「ちぎり……人形」

キーボードを打っていた手を止め、彼女はおもむろに口を開く。

「最近、生徒たちの間で流行ってる折り紙ね。願いが叶うだとか噂されてる」

「そう……なんだけど」

口籠る私の様子を見て、彼女は何かを感じ取ったのか黒縁眼鏡を指で押し上げる。

それから私は里奈のことを話した。彼女が契り人形を盲信していること、人形の腕が取れかけたのとほぼ同時に相手の神津駿介が怪我をしたこと、そして人形の内側に書かれた奇妙な赤い護符文字のことも。

話を聞き終えた新美蓮珠は、傍らに置いてあったスマホを手にする。

タップしてしばらく何かを探した後、彼女は画面をこちらに向ける。そこには、先程見たのと同じような赤い紋様の梵字や漢字が並べられた画像が映し出されていた。

「あなたが堤里奈の人形で見たのは、この文字？」

「うん。そんな感じだった……かな」

「この記号は？」

「あ、それも書いてあった。象形文字みたいなやつ。内容は分からないけど」

「く、そっ！」

突然乱暴な口調で吐き捨てると、彼女はスマホを机の上に投げ出す。驚く私を余所《よそ》に、彼女は跳ね上がった髪を乱雑に掻き毟る。

「これは護符なんかじゃない。裏護符……要するに加護とは真逆の、祟りの呪術《じゅじゅつ》よ」

「た……祟り？」

「そう。鏡文字で利き腕と逆で書かせたのもそのため。反転した護符は望みとは反対の効果をもたらす。誰が広めたのか分からないけど、たちの悪い悪戯じゃ済まないわ」

「そんな……じゃあ里奈は」

茫然とする私に、立ち上がってダッフルコートを手にした新美蓮珠が言う。

「とにかく、その人形を回収しないと。今彼女が持ってるのは呪いの藁人形みたいなもの。実際に人形に魂が宿り、その相手に災いをもたらすわ」

「災いって……」

「あなたたちが思っている以上に、呪いや祟りの類は厄介なものなのよ。呪いを受けた方も、時には掛けた方も命の危険すらある。言うでしょ、『人を呪わば穴ふたつ』って」

厳しい表情でそう告げると、彼女はコートに手を通しながら入口のドアへと向かう。

里奈と神津駿介の後を追って、私たちは学校を出た。

「病院の場所は？」

「確か……市民病院だったと思うけど」

オレンジ色から灰色に変わっていく夕闇が辺りを包み始める中、隣を走る新美蓮珠がぽつりと口を開く。

「あなたたちが使っている『契り人形』って言葉自体、解釈が間違ってる。本来の意味は『千切《ちぎ》り人形』、仲を裂いて人を呪うためのものよ」

「千切り……人形」

自分でも頭から血の気が引いていくのが分かった。

何も知らずに、生徒たちがそんな凶々しい呪いに手を出していたなんて。

青ざめる私を横目に、彼女は言う。

「あなたたちのやってる『契り人形』の行為自体に、さほど意味はないわ。千羽鶴と同じで単なる折り紙の願掛けみたいなもの。だから私も容認していた。でもね、そこに護符や裏護符を持ち出せば、れっきとした呪詛《じゅそ》となる。それはすでに霊性や超常の範疇。人の手には負えなくなる」

「……」

「丑の刻参りだって、藁人形に五寸釘を打ち付ける人間はすでに悪鬼に近い存在に変化《へんげ》していると言われているわ。そこにあるのは人としての道理ではなく、悪意や憎悪の化身となった者たちの道理。そしてそれは……間違いなく相手を呪い殺すほどの力を持っている」

「……悪、意」

息を切らす私たちの視界の先に、うちの学校の制服を着た二人の姿が見えてくる。

仲睦まじそうに歩くその後ろ姿は、間違いなく里奈と神津だった。


「里奈っ！」

私は叫ぶ。帰宅を急ぐ周囲の人たちの視線が集まる中、声に気付いた里奈が不思議そうな表情で振り返る。

「……遥？」

「里奈、早くその人形を……！」

大声を上げながら駆け出した瞬間——

信号を無視したトラックが、猛スピードで里奈と神津の背後に迫る。

声を発する時間もなかった。

ガードレールを突き破ったトラックが、耳をつんざく程の衝突音とともに塀に激突する。

「里――」

一瞬で二人の姿は消え、大破したトラックの運転席の周囲にどす黒い煙が立ち込めていく。

騒然とする周囲の人々のざわめきの中、私はトラックへと駆け寄る。

「り、里奈……里奈っ！」

近付くと、壁にめり込んだトラックと壁の間に真っ赤な血痕が飛び散っていた。潰れた肉塊からかろうじて覗く制服のズボンは……間違いなく神津駿介のものだった。

「ひ……い」

よろめきながら後ずさると、何かに躓《つまず》く。

そこに落ちていたのは、里奈が履いていた茶色のローファーだった。

「り……里奈っ！」

膝をついて、斜めに傾いた車体の下を覗き込む。

地面に漏れ出したオイルの臭いの中、トラックの下に僅かに制服らしき衣服が見えた。

「里奈っ！　里奈っ！」

急いで車体の下に手を伸ばす。指先に微かに触れた感触を頼りに、その体を力任せに引き寄せる。

だが引きずり出すことが出来たのは……車体に巻き込まれて千切れた里奈の腕だけだった。

白い肉と赤い血に塗れたその手を見て、私は絶叫する。

「う……ああああああああっ！」

まだ温もりの残るその手の指が、まるで何かを引っ掻くかのように強張ったまま開かれていた。

「い……やあああああっ！」

悲鳴を上げ続ける私の体を、誰かが後ろから抱きかかえる。

「危ないっ！　ここを離れて、楠木さんっ！」

「いや、いやあああっ！……里奈、里奈っ！」

立ち込める黒い煙の中、私の叫び声だけがいつまでも響きわたっていた。

＊　＊　＊

事故から一週間が経ったが、到底学校に行く気にはならなかった。

クラスメイトから最後のお別れだと何度も誘われたが、結局里奈と神津駿介の葬儀にも参列できなかった。

ベッドで膝を抱えたまま、いつの間にか薄暗くなった外の景色に視線を移す。

時計の針はすでに夜の八時を回っていた。

「……」

私はこうして自分の部屋に閉じ籠もったまま、あの夕刻に起きた悪夢を何度も記憶の中で反芻することしか出来なかった。

今でも真っ赤に飛び散った神津の血の色と、無残に引き千切られた里奈の腕の感触が、脳裏と手に焼き付いたかのように離れない。

事故の原因はトラックの暴走運転だと報道されたが、その運転手も亡くなってしまったため、真相は不明のまま事故は処理されてしまった。

ただ間違いなく言えるのは、あのトラックはまるで狙いを定めたかのように二人に向けて突っ込んできたということだけだ。

「あなたのせいじゃない。あなたはただ……千切り人形の呪いがもたらす結果を早めに知ってしまっただけ。あなたが呼び止めようがそうでなかろうが……二人はこうなる運命だった」

パトカーと救急車のサイレンが辺りに鳴り響く中、私を抱きかかえて事故現場から遠ざけた新美蓮珠はこう言った。

「でも……こんなの……」

私の瞳から溢れ出した涙を、新美蓮珠はハンカチで拭う。

「仕方なかった。『ちぎり』とは、千切るための契約。誰にもその呪いは解けない。……人間が悪意を持っている限り」

「……里、奈」

泣きじゃくる私の体を、彼女はただきつく抱きしめていた。

その時、真っ暗な部屋の中にメールの着信音が響く。

気怠《けだる》い体を起こしてスマホを手にすると、表示されていたのは新美蓮珠の名前だった。

「新美……さん」

メールの内容は、大事な話があるから今から会いたいというものだった。

わざわざこんな時間に呼び出すということは、千切り人形や裏護符に関する差し迫った事実なのかもしれない。

ベッドから体を起こし、すぐに返信する。

――分かった。これから行くから。時計台のある公園で。

このまま部屋の中に閉じ籠もっていても、何の解決にもならない。

少なくとも今の私に出来るのは、里奈や神津駿介のような千切り人形にまつわる犠牲者をこれ以上出さないことだ。

服を着替えていると、再び彼女からメールが入る。

――ありがとう。本当は断られると思ってた。本当のことを言うと……私には、あなたしか頼る人が居なくて。

それは普段は淡々とした彼女が初めて見せる、感情のこもった文章だった。

夜の公園に人の気配はなかった。

自転車を入口に停めてから白い時計台のモニュメントへと近付いていくと、噴水の縁に座っている新美蓮珠の姿が見えた。

「新美さん……」

声を掛ける私に気付き、彼女は微笑みを浮かべて立ち上がる。

「良かった、来てくれて。ずっと学校にも登校してなかったから、心配してたの」

「ごめん……私」

俯く私に、彼女は柔らかく目を細める。

「仕方ないわ、あんなことがあった後なんだから。今は気持ちを落ち着かせた方が良いわ」

「でも……あの人形のことで何か分かったんでしょ。私、その話を聞いたらじっとしていられなくて」

急かすように言う私を一瞥した後、彼女は小さく肩をすくめる。

「そうね。あの裏護符を広めた人物は分かったわ。生徒たちの他愛ないオマジナイに紛らわせて、誰があんな悪意を広めたのか」

「そ、それって一体誰が……」

詰め寄る私を押し留めるように片手を上げた後、彼女は噴水の縁に立つ。

「ねえ、楠木さん。不思議だとは思わない？　人間って自分の都合の良い時だけ神頼みしたり運命にすがったり。本当はその機会なんて常に平等で、良いことも悪いことも均等に起こりえるはずなのに」

「どういう……意味？」

「言葉通り。本来なら神頼みなんて、自分が努力をした成果の最後を神様に委ねるだけ。その結果がどうであろうと、責任を神様に押し付けるものじゃないはずでしょう？　ならたとえ結末が厄災だったとしても、人はそれを受け入れて従うしかない」

「何を……言ってるの？」

彼女が何故そんな話を始めたのか、分からなかった。

戸惑う私を余所に、彼女はバランスを取りながら噴水の縁を歩く。

「人は昔から忌み嫌われるものを遠ざけて、自分の視界から排除してきた。禁忌、などと言ってね。でも人が崇《あが》めるのも祟《たた》るのも、さして違いはない。ほら、字面だってよく似てるでしょ」

そう言ってしゃがみこむと、彼女は噴水の水に指を浸してから『崇』と『祟』の字をコンクリートの縁の上に書く。

「それが……いったい」

「ねえ、知ってた？　祟るのって怨霊や物の怪だけじゃないのよ。神仏だって時には報いとして人を祟る。要するに人が漠然と、いえ、凡庸として気付いていないだけで、呪いや祟りなんてそこいら中に転がってるシロモノだってこと」

「新美さん……あなた、何を？」

眉をひそめる私の方を振り返り、彼女は見下ろすように顎を上げる。

「罪なんてなくたって罰は受ける。理不尽に、唐突に。悪意の矛先がいつ、どこに向いているのかなんて、誰にも分からないんだから」

「新……美さん？」

いつもと違う口調に後ずさる私を見て、彼女はニタァ、と気味の悪い笑みを浮かべる。

それはこれまで見たことのない……醜悪な感情に溢れたものだった。

「く、く。まだ分からないの？　案外察しが悪いのね」

「ま……さか」

青褪める私に、彼女はさも可笑《おか》しそうに口の端を上げて告げる。

「そう。裏護符を生徒たちの間に広めたのは……私よ」

全身から血の気が引いていくのが分かった。

目の前の彼女が……新美蓮珠が、裏護符を生徒たちに信じさせ、里奈と神津駿介を死に追いやった。

「そん……な」

茫然と立ち竦む私を嘲笑《あざわら》うかのように、彼女はその場でスカートを靡《なび》かせて一回転する。

「噂を広めるのは簡単だったわ。流行りには付加価値がつきものなんだから。仰々しい赤い護符文字なんて、いかにも信憑性がありそうだものね」

「どうして……そんなことを」

声を震えさせる私に、彼女は外した眼鏡を指先で摘んで答える。

「道理だと言ったでしょう。悪意が存在している以上、犠牲が必要になる。陳腐な言い方をすれば、生贄とでも言えばよいかしら」

「そのせいで……里奈と神津駿介は死んだのよ」

「犠牲があるからこそ祟りも信仰も成り立つものよ。昔からあるでしょ、人身御供《ひとみごくう》や人柱の類《たぐい》。命を差し出して願いを叶えるってやつ。誰かを憎むのも、自分の望みを成就させるのも、人間の欲望の昇華という意味ではさして変わりはしないんだから」

「……違う。あなたはただ自分の鬱屈した感情を、呪いの力を借りて他の誰かにぶつけているだけよ」

語気を強める私を、彼女は冷ややかな視線で見つめる。

街灯の光だけが仄《ほの》かに辺りを照らす中、向き合う私と彼女の間を乾いた風が吹き抜けていく。

「なら……」

彼女を睨みつけたまま、私は一歩足を踏み出す。

「どうしてあなたは、私に本当のことを教えたの？　私が会議室を訪れた時に、何も知らないと言えばそれで……」

「それで？　あなたが真相を知らなければそれで良かったとでも？　堤里奈と神津駿介が死ぬ運命は決まっていたのに」

「それは……」

口籠る私の顔を覗き込むように、新美蓮珠は首を斜めに傾げる。

「あなたが知ろうが知るまいが、あの二人は死んだ。ならば真実を教えない理由はないわね」

「私を苦しめるため……だけに」

「でも迫真の演技だったでしょう？　『これは……裏護符よ！』なあんて。自分でも演劇部なみの芝居だったと思うのだけれど」

「ふざけ……ないで」

唇を噛む私に、彼女は一度含み笑いしてから告げる。

「でもね、あなたに相談されて嬉しかったのは確かよ。それまでは私が広めた裏護符を、誰もが盲目的に信じていたから。その裏に悪意が潜んでいるとも知らずに」

「……悪、意」

「そう。疑う人間は誰も居なかった。あなただけよ、裏護符の存在に気付いたのは」

「……」

「だから私はあなたに真実を話した。まあその後は、大方予想通りの行動だったけれど」

「この……人殺し」

声を荒げて詰め寄ろうとした瞬間、彼女はポケットから何かを取り出す。

その指先に摘まれていたのは……赤い折り紙の人形だった。

「そ……れ」

愕然とする私に、彼女はく、く、と笑いを押し殺しながら答える。

「そう。千切り人形。この中には、この間あなたの涙を拭ったハンカチの切れ端が入ってる。もちろん、裏護符の紋様入りでね」

「や、やめ……」

伸ばした私の手をすり抜け、新美蓮珠はまるで子供のように噴水の縁を飛び跳ねる。

「だめだめ、そんな容易《たやす》く自分の未来を手に入れようなんて。人の運命なんて、本当はどうしようもなく脆いものなんだから」

「や、やめて……」

「あのね、私は別にあなたが憎い訳じゃないの。どうしようもなく理不尽で、無慈悲な現実を知ってほしいだけ」

そう告げると、彼女はポケットからライターを取り出す。

「な、何を……」

「分かってるでしょ。あなたには燃えてもらおうと思ってね」

悪戯な眼差しを向けると、彼女は灯したライターの火を人形に近付けていく。

「……ひ」

喉の奥に絡みついて、言葉が出てこなかった。

赤いライターの炎が、新美蓮珠の冷徹な瞳に映る。その狂気じみた瞳に。

「く、く。友人の死を目の当たりにした女子高生が、夜の公園で焼身自殺、って三面記事に載るくらいかしら」

「や……めて。……お願、い」

かろうじて私の口から発せられた弱々しい命乞いを嘲笑うかのように、彼女はライターの火を人形に燃え移らせる。

「私、楽しみなの。どれだけこの悪意に満ちた噂が広がっていくのか。この人形に燃え広がる炎と同じように」

まるで火炙りのように、人形から炎が立ちのぼる。

それとともに、焦げた臭いとともに私の足元から黒い煙が燻り始める。

「う……」

「私はね……ずっと独りだった。誰にも相手にされず、話の出来る友達すらいなかった。

でもね、それを寂しいと思ったことはないの。独りだったからこそ、私は他の人が一生見ることも出来ない世界に辿り着けたんだから」

「ひ……い、嫌っ！」

濛々《もうもう》と火焔を上げる両足の炎を手で払うが、火はさらに勢いを増して両腕にまとわりついてくる。

燃え落ちた千切り人形を冷ややかに見つめたまま、新美蓮珠は薄く笑う。

「人間は祟りを恐れもするし、崇めもする。そして……誰もそれから逃れることは出来ない」

「う……わあああああああっ！」

衣服に燃え移った炎を振り払おうとするが、藻掻けば藻掻く程、真っ赤な炎が私の体を包み込んでいく。

「い、嫌ああああっ！」

がくりと膝をついた私の腕から、焼け焦げた皮膚と赤黒い肉がただれ落ちる。

沸騰して血管から吹き出した血が地面に飛び散り、腕の白い骨が剥き出しになっていく。

「ひ……」

うずくまる目の前に、四肢を粉々にしながら燃え尽きていく人形が見えた。

「う……あああああっ！」

真っ赤に燃え盛る炎に包まれたまま、私は新美蓮珠の方に手を伸ばす。

コートにしがみつく私を見下ろし、彼女は冷淡な口調で告げる。

「呪いが消えることはない。いつも呪いを生み出すのは、人間自身なのだから」

「う……」

目の前が真紅の炎に包まれ、網膜に映るその姿が次第に歪んでいく。

「く……くく。祟りは永遠に受け継がれていく。いつだって、人がこの世に存在している限り」

「新……美……」

薄れゆく意識の片隅に残っていたのは、彼女の悪意に満ちた笑い声だけだった。

＊　＊　＊

窓から吹き込んでくる風が、病室のレースのカーテンを揺らす。

風に乗って仄かな香りを漂わせる花瓶のガーベラに目をやる。この花束は、クラスメイトたちがお見舞いで持ってきてくれたものだ。ガーベラの花言葉は『希望』や『前進』だと、彼女たちは私を励ますように言ってくれた。

「……希、望」

ベッドから身を起こし、花びらを指先で摘んで甘い香りを嗅ぐ。

あの夜、気を失った私は公園の噴水の近くで見つかった。

特に大きな外傷はなかったが、里奈たちの事故の後だということもあり、私はしばらく静養も兼ねて入院することになった。

「……」

腕に巻かれた包帯をゆっくりと擦る。

ほんの僅かだが、腕の一部に火傷の痕が残っていた。

あの灼熱の炎は、幻だったのだろうか。

だが今でも自分の体が燃えていく感覚が残っている。あの焼け焦げた人形のように。

乾いた風が触れる度に、肌が刺されたようにひりひりと痛んだ。

ベッドから降りて窓を閉めようとした時、中庭に立ってこの病室を見上げる人影に気付く。

「新美……蓮珠」

「……」

彼女は私が入院してからも、時折こうして病院の中庭から私の様子を窺っていた。

薄気味の悪い笑みを浮かべる彼女から目を逸らし、窓とカーテンを閉じる。

彼女が私を狙っているのは確かだった。実際、彼女のバッグには十体以上の赤い千切り人形が結わえ付けられていた。おそらくその中には、本物の私の人形もあるはずだ。

そう、彼女は警告したのだ。

もし私が口外すれば、私の魂の宿った本当の人形に火をつけると。

この腕の火傷の痕も、彼女が私に付けた祟りの刻印に違いなかった。

陽射しを遮って薄暗くなった病室の中、ゆっくりとベッドの袖机へと近付いていく。

机の上に置いてあるのは、あの夜、しがみついた私が彼女のダッフルコートから引き千切ったボタンのひとつだった。

「……」

その紺色のボタンを手にしたまま、机の引き出しから一冊のどす黒く変色したノートを取り出す。

それは……里奈のノートだった。

里奈が事故にあった時に持っていた遺品のバッグの中から、友人に頼んで持ってきてもらったものだ。

「里……奈」

私はその赤黒い血に塗《まみ》れたノートを捲る。最後のページの近くに書いてあったのは……おそらく下書きに使ったのだろう。赤い文字で書かれた裏護符の紋様だった。

机の上にノートとボタンを並べる。

「あとは……」

ぽつりと呟く。

赤い折り紙で人形を……千切り人形を作りさえすれば、すべては終わる。

分かっている。祟りなど返した所で、何も報われなどしないことは。

だが……私には、それしか残された方法はなかった。

悪意に満ちた彼女に抗うことのできる唯一の手段は、憎悪だ。
たとえ憎しみが憎しみを生み、取り返しのつかない絶望の淵に落ちようとも。
そう。
呪いは、今も人々の悪意が吹き出す時を息を潜めて待っているのだから。

バット女

夏愁麗

私が高校二年生だった頃の話だ。

当時、私が通っていた高校では、ある怖い噂が蔓延していた。それは、バット女と呼ばれる怪人物の噂だった。

バット女。聞いた話によると、それは恐ろしい人物とのことだった。バット女から襲われた経験がある真由美の談によると、バット女は推定年齢が二十代半ばから三十才ぐらい。派手な化粧に金髪。ホットパンツに見せブラを着用。衣服はそれだけ。そんな公然猥褻罪で捕まりそうな軽装すぎる紙一重ファッションに、兵隊が履くようなコンバットブーツを着用。真由美の談を元に、私は脳内フル稼働で想像してみた。なるほど。変わった人がたくさんいるアメリカ辺りなら、そういう姿格好の人物がいたとしても、まあ納得が出来なくもない。でも、日本国内的な感覚では、まともな社会人の外出着とは言えまい。

「真由美。バット女って、その格好で外を歩いてるの？」

私達の問いに、真由美は身震いしながら答えた。まるで思い出したくない過去を振り払うかのように、固く目を閉じている。

「超薄着でお腹をモロ出しした金髪三十路女が、雄叫びを上げながらバット振り回して追いかけて来たんだよ。あの怖さ、体験してみないと分かんないと思う」

「警察には言ったの？」

「交番に行ったよ。でも、まともに取り合ってくれなかった。巡査の話だと、何度も交番にバット女の苦情が来てるんだって。苦情の度に付近を捜索したんだけど、怪しい人物は居なかったって。あいつらまともに探す気も無いし、逮捕する気も無いよ。だから警察は頼りにならない。バット女を単なる噂として都市伝説扱いしてるんだもん。話にならない」

「怖いよね」

真由美ではない他の同級生から聞いた話によると、バット女は、中学生未満の子供や中高年女性、それと男子には絶対に危害を加えようとしないのだと言う。

「なんか、不公平っぽくない？」

「なんか、バット女むかつくねえ」

バット女に遭遇しない事をひたすら祈る。私達には、それしか対処法は無かった。

ある日のこと、バット女に関する新しい噂に、一部の女子の間に衝撃が走った。実を言うと、私も衝撃を受けた一人だ。

「バット女から狙われやすいタイプがあるんだってよ」

「えーっ。教えて教えて」

「胸が大きい高校生女子をめっちゃ憎んでるらしいよ。そういうのを見ると、死ぬ気でバット振り回しながら、全速力で追いかけて来るらしいよ」

「ちょっと、何それ！」

私を含めた数名が、絶望のどん底の果てに突き落とされたのは言うまでもない。

笑い声が聞こえる。女子陸上部だ。私を含めた数人の巨乳女子が無意識の内に優越感の対象にしていた陸上部員グループ達が声高らかに笑っている。主にAカップのメンバーによって構成された女子陸上部員軍団。汗にまみれて髪振り乱した彼女らが、下克上を成し遂げた戦国大名が如く高笑いしている。

「あたし達、陸上部で良かったよね。やっぱり、無駄な肉がなくて身軽でいることが一番だよね。それに、あたし達だったら、もしもバット女に見つかっても、全力疾走で確実に逃げ切れるもんね。制服姿でも、あたし達なら五十メートルを六秒台後半で余裕で走りきれるもんね。無駄に胸が大きいと、色々と大変だよね。カワイソー」

嫌みな陸上部の女子軍団達から憐れみの目で見られながら、私達はどうしたものかと途方に暮れたのだった。

「深月ちゃん何カップ？」

心配顔の真由美が、私のうつむき顔を覗き込んでいる。

「言いたくない。言いたくないけど、私の胸は確実にバット女から憎悪の目で見られる大きさだと思う」

「だよねー。深月ちゃんの胸、大きいもんね。私は何とか死に物狂いで逃げ切れたけど、深月ちゃんホントに気をつけてね」

明日から、胸にさらしでも巻こうかな。私はぼんやりとそんなことを思っていた。

世の中には、他人の不幸につけ入って、自分の望みを叶えようとする不届きな連中が一定の割合で存在する。私の通っていた高校もまた、それは例外ではなかった。

上級生男子に、私の嫌いなタイプのそういうヤツがいた。三年生の浪岡《なみおか》だ。私の何がそんなに良いのか、以前から私は浪岡からしつこく一対一のデートに誘われていた。もちろん私は、そんな浪岡の誘いをすべて断っていた。私にとって浪岡は、魚介類だった。私は魚介類を一切食べることが出来ない。嫌いなのだ、魚介類が。当然のように、私はお刺身や寿司の類いも大嫌いだった。

私は密かに、浪岡に「刺身」というコードネームを与えていた。それぐらいに浪岡のことが嫌いだったのだ。

バット女は、刺身（三年生の浪岡）にとっては僥幸《ぎょうこう》だったに違いない。

「噂じゃ、巨乳の女子も、男子とカップルで登下校すると安心らしいよ。俺がいつも深月と一緒にいてやるよ。だから、安心しな。俺が死ぬ気で守るから」

浪岡が再び私の周囲をチョロチョロし始めた。あんなに何度も拒否したのに、懲りないヤツ。その図太さ、ある意味尊敬に値しなくもない、かな？

浪岡の誘惑をのらりくらりやり過ごす日々が続いた。その間、私がバット女に遭遇することは無かった。放課後になると、私の後ろを浪岡がニヤニヤしながら下僕のようについて歩く。そのまま駅まで十五分歩いてサヨナラ。結果的にバット女から見た私は、カップルで下校したことになっていたに違いない。どこかに隠れて様子を窺っているのだろうバット女は、基本的にカップルを襲わないのだ。浪岡はウザイ存在だったのだけれど、何だかんだ言って私の身の安全に貢献してくれた。そのことに関しては感謝だった。

そんなある日、またバット女に関する新しい噂が私達の周辺を駆け巡った。

「バット女って、経験人数が十人以上のヤリ系の子を絶対許さないらしいよ。最優先で狙ってくるらしいよ」

「ええっ！　マジで？　じゃあ、二組の白鳥めぐみって、絶対にヤバイよねー」

「援交してる一年生の子って、最近学校に来てないらしいよ」

「襲われたの？」

「違う。襲われないようにズル休みしてるんだって」

「カワイソー。でも、援交してるんだから自業自得だよね」

みんな、好き勝手な噂話に花を咲かせている。

貞操観念に無頓着なヤリ系は狙われる。その点、私は安全だった。高校二年生の時点で、私はまだ一度も彼氏が出来たことが無かったし、遊びの経験ももちろん無かったから。しかし、胸が大きいとバット女から優先的に狙われる。だから私の場合、油断は出来なかった。

放課後になるとくっついてくる浪岡の護衛も、助かると言えば助かるんだけど、付き合ってるわけでもないのに、周りからそう思われるのも嫌だった。

「はぁーあ」

どうしたものかと思いながら、ため息しつつ、自分の席で手鏡を覗いていると、真由美が目を輝かせて走り寄って来た。

「深月ちゃん、バット女の新しい噂、聞いた？」

「うん。聞いたよ。体験人数十人のヤリ子が最優先でターゲットになるって話でしょ」

「違う違う。もっと新しい情報」

「えっ。なになに」

「バット女ってね、上半身制服で下半身ジャージの子を見ると逃げてくらしいよ」

「何、それ」

何か、怪しいな……。

すっかり白けきってしまった私とは裏腹に、暇そうな女子達が、一斉に反応。みんな一様に、目をキラキラ輝かせている。

「えっ！　真由美ちゃん、それほんと？」

周囲の女子が、わっと集まって来た。

真由美の話によると、文化祭の準備中だった三組の野中みどりが、制服のスカートをペンキで汚してしまった。だから野中みどりは、やむを得ず上半身に制服上着を、下半身に学校指定のダサいデザインのジャージを着用という、実に異様なスタイルで下校したのだという。そんな時に限って野中みどりは運悪くバット女に遭遇。しかし、バット女は、野中みどりを見るや否や、悲鳴を上げて一目散に逃走していったのだという。

「えっ。じゃあ、私達も野中みどりとおんなじ格好してたら、バット女から許して貰えるの？」

「だと思う」


バット女のターゲットから外れて射程外となれる。それは魅力だ。しかし、その代償は小さくない。上半身が制服で、下半身が学校指定のダサいジャージ。そんな紙一重のヤバい格好してまでバット女から許して貰いたいとは思わない。それに、薄々とだけれど、私はバット女に関するある重要な事実に気づいたのだ。だから私は、そんな思いを、集まって来た噂好きの暇人達に、やんわりと話したのだ。

「上半身制服で下半身はジャージって、変すぎるよ。いくら身の安全のためとは言っても、プライド無さすぎると思わない？　だからさ、そんなヤバい変な格好してまでバット女のご機嫌取ることないと思うよ。みんなもバット女を気にしすぎだよ。それに、よくよく考えてみたらさ、今までバット女から追いかけられた子はいても、バット女からバットで叩かれた子って一人もいないよね。私は思うんだけど、実は、バット女って無害なんじゃないのかな。って言うか、私、もっとハッキリ言ってもいいかな。バット女って本当に存在するのかな。噂好きのみんなの想像上の産物ってことはない？」

私が語り終えると、いつも新情報を仕入れてくる真由美の取り巻き達が、目のたまを三角にして噛みついて来た。

「そりゃあ深月ちゃんは毎日三年の浪岡先輩からボディーガードして貰ってるから余裕あるよね。いいよね。羨ましいよね。でも私達は、あなたと違って彼氏も無いから、自分の身は自分で守らなきゃならないんだから」

いやいや、コードネーム刺身の浪岡は彼氏でも何でもないから。だから、浪岡のつきまといはイヤだったんだよね。いつか必ずこうなることは、分かっていたのだ。

みんなにガミガミと噛みつかれ、私は四面楚歌だった。私はみんなから、「バット女が架空だなんて、デタラメ言わないでよね。深月ちゃんさあ、胸の大きさで三年生男子をたぶらかして、いい気になんかならないでよね。そんな感じだと、真っ先にバット女からボコボコにされちゃうよ。外を歩く時は、せいぜい背後に気をつけたほうがいいよね」などという意味不明な誹謗中傷を受けながら、考えていた。

新しい噂話を仕入れてくるのは、いつも真由美だった。私の周辺で、バット女から実際に追い回されたのも真由美だけだった。すなわち、体験談として語っているのは、真由美一人だけということになる。真由美以外のみんなが話しているバット女の話は、単なる聞きかじりに過ぎない。野中みどりのバット女に関する体験談は、私の勘ではきっと、真由美が作り上げた事実無根の嘘話だ。なぜなら、野中みどりと私は、家一軒を挟んだ隣同士の住人だからだ。野中みどりと私は小学生の頃から不仲だった。野中みどりは太っている上に天然パーマであることをコンプレックスに持ち、いつもいじけて不貞腐《ふてくさ》れていた。私は、そんな野中みどりのことが嫌いだった。野中みどりが太った天パだから嫌いだったのじゃない。いつだって後ろ向きで、世の中のすべてを呪っているような、あの極端なマイナスエナジーキャラが嫌いだった。

だから、野中みどりの隣近所に住んでいることを、私は学校の誰にも話したことがない。

それはきっと、野中みどりだって同じだと思う。隣に住んでいるんだから分かる。野中みどりは一度も下半身ジャージなんてバカな格好で下校なんかしていない。野中みどりは確かに太った天パかもしれないけど、身だしなみはきちんとしている。もしも本当にスカートを汚したのなら、彼女はためらうことなく上下をジャージに着替えて下校したはずだ。私は野中みどりが嫌いだ。だけども、話を面白おかしくするために、野中みどりを貶《おとし》めるような噂話を広めて歩く真由美という人物に、私は不信感でいっぱいだった。

真由美、あなたという人は、私と不仲の野中みどりを題材《ネタ》にすれば、バレないと思ったか。真由美、そこまでして、噂話で注目を集めてみんなの人気者に成りたかったの？あなたは友達だった。でも、もう再び元の関係には戻れない。戻りたいとも思わない。私は、かつて経験したこともない強烈な寂しさに押し潰されそうだった。バット女そのものが、真由美が意図的に作り出した幻影だったのだ。今、私は確信している。

全部が嘘だった。そうだよね、真由美。

取り巻きを従えた真由美は、何も言わずに私を見つめている。私も、何も言わない。長い時間が経過した。そんな気がしたけれど、実際には数秒だ。数秒間視線を合わせた後、真由美が重い口を開いた。

「深月ちゃん、二人で話さない？」

私は頷いた。

私達は連れ立って、屋上へ向かって歩きだした。廊下を並んで歩く間、私達は無言だった。

屋上に出るとき、最初に視界に飛び込んできたのは、雲ひとつ無い天空だった。抜けるような真夏の青空の下、私達は転落防止用の緑色のフェンスの下の、一段高くなったコンクリートに並んで腰掛けた。

「もう分かってるんでしょ。バット女に関する怖い噂が、全部私が作り出した嘘だってこと」

真由美が、悪びれる様子も無く、あっけらかんとした明るい調子で切り出した。

「どうして、そんなことをしたの？」とは聞かなかった。聞かなくても、真由美が勝手に語り始めた。

「全部嘘だよ。全部が嘘。バット女なんて地球上全部を探しても何処にもいないよ」

私は真由美が話している間、何も言わなかった。

「みんなが私の馬鹿話に踊らされて右往左往してるのが楽しかったのよね。すっごい楽しかった。巨乳が狙われるってくだりで、深月ちゃんも、すっごい焦って怖がってたよね。野中みどりのジャージ下校の話も全部私が作ったデタラメ話だよ」

「真由美ちゃん。私達友達だったよね。友達をビビらせて楽しかった？　みんなを怖がらせて楽しかった？　野中みどりが実際にやってもいない変な服装の話をでっち上げて、噂として流して、野中みどりに恥をかかせて、それで楽しかった？」

「深月ちゃんを友達だなんて思ったこと、一度も無いよ。深月ちゃんだけじゃない。私には友達なんか初めから一人もいない。私はね、神様なんだよ。私が話したことはね、みんなが信じるんだよ。私が話したことは、みんなが信じるから、結果的に全部本当のことになる。この世の中、みんなが信じたことが真実だから。私は神様。私はいつだって、情報の発信元。私が真実。なんなら、深月ちゃんの胸は本当はAカップということにしてあげようか。深月ちゃんの胸は、パット三十枚重ねで盛ってるだけの偽パイなんだよって噂を流してあげようかな。みんな面白がってすぐに信じるよ」

　本気で話しているのだろうか。もしもそうだとしたなら、明らかにサイコパスとしての本性を現した真由美と、これ以上この場所に一緒にいるのは無理だった。私は、人を見誤っていた。今までに真由美から聞いたことのすべてが、全部嘘に思えてしまう。

もしかしたなら、私を好きだと言ってくれた三年生のコードネーム刺身の浪岡に関する悪い噂も、全部根拠なしの嘘だった？


「浪岡先輩って、深月の胸目当てらしいよ」

「浪岡先輩って、万引きするのが趣味らしいよ」

「浪岡先輩って、見境なくて、今までに二人を妊娠させてるらしいよ」

「浪岡先輩って、無試験で裏口入学らしいよ」

「浪岡先輩って、他人の不幸が好きらしいよ」

浪岡の噂って、全部が嘘？　嘘だったんだよね。

俺が深月を、バット女から守ってやる。そう話していつも放課後に一緒にいてくれた浪岡は、なんて言うのか、噂と違って誠実な人だった。

「もしもバット女がバットを振り回して襲いかかって来たら、俺が代わりに殺《や》られてあげるよ。その間に深月は交番まで逃げなよ」

そう言ってニコニコしていた浪岡の思いに嘘は無かった。今、私は思っている。私は多分、浪岡という三年生男子のことが好きだ。浪岡はコードネーム刺身なんかじゃなかった。

真由美が何やら話している。だけども私は、もう聞いちゃいない。私は、真由美に背を向けて、前へ歩き出している。

高校二年生の夏、私は友達を失ったけれど、代わりに得たものもある。私は、真実を見極めようと努める目と耳と心を得た。人生最初の彼氏も出来た。浪岡は、やはり誠実な人だった。浪岡が卒業するまで一緒に過ごした数ヶ月間は、私の半生で最もキラキラした思い出の時間だ。

そして、私が後になって知った事実。それは、真由美が浪岡を好きだったということ。

高校を卒業した後に、私は怖い話を聞いた。在学中、真由美は私がいない所で、いつも周囲の取り巻き達に言っていたそうだ。

「深月を殺してやりたい」

それが、私にとっての、人生最悪の一番怖い噂だった。

知らない方が幸せ

虚像一心

〝怖い話〟と言えば、やはり外すことが出来ない舞台は『学校』であろう。

大勢の人が集うその場所は、だがしかし、何故か〝怖い噂〟が絶えない場所だ。

七不思議がそうであるように。

何故か、学校にはそのような噂が存在する。

それは何故か——単純な話だ。

人の口に戸は立てられぬということわざがあるように、その噂を広める者が大勢いるからだ。

故に、学校では〝怖い話〟が絶えることがない。

——その中で。

ワタシが聞いた、最も怖い話をご紹介しよう。

これはワタシの知人から聞いた話だ。

仮に『A君』と名付けるその知人は、高校時代、ワタシの同級生だった。

そのA君が突然このような話を振って来た。

『この学校で怖い話があるって知っているか？』――と。

急にそのような話題を振られたワタシはこう答えた。

『知らない』――と。

そう、ワタシはそのような話は一切知らない。

聞いたこともなかった。

そもそもA君がそのような話をするまでは、この学校に〝怖い話〟があることさえ知らなかった。

ワタシのその言葉に、A君は待ってました！　と言わんばかりに笑みを浮かべて、

『この学校じゃあな、深夜に学校に忍び込むと別の世界に行ってしまうんだとよ』

……思わず呆然とするようなことを言った。

夜の学校に忍び込むと、別の世界に行ってしまう？　――馬鹿か、と。

確かに夜の学校は何となく不気味な雰囲気がある。

それは『夜』という時間帯で、灯りなどが一切消えている、尚且つ人気がないシチュエーションだからだろう。

だから、そもそも『夜の学校』自体がもはや別の世界と言ってもおかしくない。

だがそんなものはただの考え過ぎに過ぎない。

仮にもし、この学校に〝幽霊〟がいるのならば話はまた違ってくる。だが、そのような話を聞いたことが無いということは、この学校に〝幽霊の類〟の噂はないということだ。

何故なら――誰も知らないからそのような話題が出ないのだ。

だとしたら、それはA君の虚言に過ぎないのだが……まあ、乗りかかった船である為に、ワタシはA君の話を最後まで聞くことにした。

『深夜って言っても日付が変わる時間なんだ。その時間にこの学校に忍び込むと、もう二度とこの世界に帰って来られないんだ』

――へぇ。で、その時間はいつ？

『だから、日付が変わる時間だって言っただろ？　その時間にこの学校の敷地内に入ると、別の世界に行くんだ。どうだ、怖いだろ？』

……正直に言って、馬鹿馬鹿しいと思った。

よくもまあ、このようなデタラメを堂々と言えるものだな、とむしろ感心してしまうところだ。

それになんだ、そのよく都市伝説などでありそうな話は。

殺される——とか。

仲間の内の誰かが消える——とか。

そう言うのならば、まだ面白味がありそうなのに。

まさかの『別の世界』とくれば、それだけでもう面白味がないのも同然だ。

ワタシはもはや聞く気を失くしたのだが、A君は火が着いてしまったのか、更に語り続ける。

『俺もさ、その話気になって、前に夜の学校に忍び込んだんだ』

——は？　どういうこと？

『だってさ、そんな話聞いたら試したくなるのが人間ってもんだろ？』

——……で、どうだった？

『俺、中学の時の友達数人連れて行ったんだけどさ、流石夜の学校ってだけで雰囲気が違ったわ。もう、めっちゃくちゃこえぇの。だからかな、連れて来た友達連中、中に入ったら俺を置いてどっか行きやがった。きっと帰ったんだろうな、気が付いたら俺一人だけ。マジでムカついたわ』

——まあ、そりゃあ、一人で置いて行かれたらね。

『だろ？　で、俺一人だって気づいたらもう熱冷めてさ。サッサと帰ったわ』

——その友達数人は？　連絡取っているの？

『いや、連絡取ってない。そもそも俺を置いて行きやがったんだぜ？　ンな連中、とっくに縁を切ったよ』

確かに夜の学校に、一人で置いて行かれるのはムカつくを通りこして殺意が湧いてしまうものだ。

むしろ何故その友達数人はA君を置いて帰ったのか、それが謎だ。

何故そのように、わざわざ友情崩壊をするリスクを負ってまで、A君を置いて行ったのだ？　それこそ意味が分からない。

A君が〝夜の学校に行った〟ということを聞いたワタシは、いつの間にかA君の話を聞いていたようだ。

先ほどまで面白味がないと思っていたのにも拘わらず、だ。

やはり実際の体験談を話されると、信憑性が段違いだというのが良く分かる。

――で、その噂は事実だったの？

『話を聞けば分かるだろ？』

――まあ、確かに……


今の話を聞けば、夜の学校に忍び込んだA君は別の世界に行くこともなく、今ここにいて、ワタシと話をしている。

ならば最初にA君が話してきたものは〝デタラメ〟であることが分かる。

デタラメ――そう確信したワタシは、A君を置いて行ったその彼等のことについて、A君と共に文句を言っていた。

そうしてA君との話は終わり。

そしてその話題はいつしかワタシの脳内から消え去り。
やがて――ワタシ達は卒業した。

だが――ふと、この話を思い出した時、ワタシは思ったのだ。

あのA君の話……彼は一度も『自分も一緒に中に入った』と言っていないということを。

あの話の中で、A君は一度も〝そのようなことを思わせる発言をしていない〟のだ。

ワタシは自分の中で、勝手に『A君も夜の学校の中に入った』と勘違いしていたのだ。

ならば……一人、学校の〝外〟で待っていた彼と共に来た友達数人。

勝手に何処かに行ってしまったその友達数人とはもう連絡を取っていない、縁を切った
……ということは。

彼が話したあの話は……事実だったのではないか、と。

いや――もっと違う。

本当の恐怖はそこに在る気がしない。

本当の恐怖は…………そうだ、これしかない。

A君はその噂を知っておいて尚且つ……自分は夜の学校に忍び込まなかったのだ。

つまり——彼は知っていたのだ、〝その噂の事実〟を。

夜の学校に忍び込めば、本当に別の世界に行ってしまうという事実を……。

ならば……あの時。

ワタシがあの話に興味を持って、A君と共に『夜の学校に忍び込もう』と言ってしまえば。

今、ワタシはこの世界に存在していなかったのかもしれない。

そう考えた時、ワタシは生まれて初めて『ゾッとする』という感覚に襲われた。

誰も知らないその噂——けれど、その噂の事実を知っている彼。

もはや連絡を取る術はないが……しかし。

彼は一体何をしたくて、そのようなことをしたのだろうか……?

友達数人を、別の世界に行かせるというデメリットを背負ってまでも。

一体……何故、と。

——これが、ワタシが聞いた話の中で、最も怖い話だ。

今更ながらに思う……真実に気づかなければ良かった、と。
世の中、知らなければ良いこともあるのだと……後悔している。

べんじょのらくがき

とびらの

『山本宏子は目立ちたがり』


「……なにこれ？」

トイレの個室――壁に書かれたその一文を見て、わたしは眉を寄せた。

山本宏子。わたしの名前だ。

どこにでもいそうな平凡な名前だけど、だからこそ、今時の中学生にはちょっと珍しい。

少なくともこの学校で、同姓同名の子はいなかったはずだ。

これは明確に、わたしへの陰口だった。

わたしは嘆息した。

「わたしが嫌いなら直接言いなさいよ。トイレに落書き、それも部室棟の個室だなんてヒトケのないとこに。陰気なくせに臆病者だわ」

文字を指でこすってみると、わずかに歪む。エンピツ……いや、シャーペンで書かれたものらしい。油性マジックではないあたり、書いたヤツの気の小ささが感じられる。

わたしはカバンからペンケースを出した。消しゴムで落書きを消した。


またもや落書きを見つけたのは、次の日のことだった。

「山本宏子は寂しがりや」

どうやら落書きの主は、ずいぶんわたしが嫌いらしい。

わたしは再び消しゴムで消した。

それから、一週間後。

「なんなのよ！」

わたしは叫んだ。

毎日毎日、わたしは自分の悪口を見つけてきた。

最初は部室棟のトイレだけだったのに、校舎のトイレでまで見かけるようになった。

悪口はいつも、シンプルだった。

「山本宏子は友達が欲しい」

「山本宏子は恋人を求めている」

「山本宏子は人気者になりたい」

「山本宏子は可愛いと言われたい。お世辞でもいいから」

「山本宏子は愛されたい」

「山本宏子はおしゃべりがしたい」

「山本宏子は触れ合いたい」

わたしはそれらを、すべて消しゴムで消し去ってきた。

ひどい侮辱だ。そして見当違いもいいところだった。

今日の落書きは最悪だ。

「山本宏子はもう我慢が出来ない、狂っている」

やたらと大きく書かれた落書きを、わたしは必死で消していく。

膝の上に載せていた、ペンケースが床に落ちた。

いつも持ち歩いているケースから、ばらばらと筆記用具がこぼれて広がる。

拾いもせず、ひたすら消しゴムだけを動かしていった。

ひどい。ひどいわ。

一体だれが、どうして、こんなわたしを目の敵《かたき》にするの。

わたしが、だれかの恨みをかうことはないはずだった。

地味だし目立たないし、嫉妬されるほど可愛い顔なんてしていない。


だけどそれを揶揄されるいわれもない。半分、わざとのようなものなのだ。クラスの女子どもが輪になって、甲高い声で笑い合っているのが気に障る。男の子とくっついて、べたべたしているのも不愉快だ。わたしはそういったものから距離を置いて、自分が巻きこまれないようにしてきたのだ。

侮辱されたって構わない。

わたしは望んで、こうして独りでいるんだから。

こんな誹謗中傷、嘘八百な落書きで、傷ついたりなんかしない。

友達なんて別にいらない。うるさいのは嫌いなんだ。気持ち悪い、不愉快、見苦しい、見たくない。この世からなくなればいい。

いやだ。もういやだ。いやだ。…………。

…………。

…………?

わたしは顔を上げた。

そして、目の前にある落書きに、のけぞる。

「山本宏子は話しかけてほしい」

……あれ?

……さっき……たしかに、消しゴムで、壁のらくがきはすべて消したはず。

……どうしてまた……おかしいな、見逃してた? こんな大きな落書きを。どうしてだろう。

わたしはふらつく腕を持ちあげた。だが右手に持っていたのは、消しゴムではなくシャーペンだった。わたしは首をかしげて、ペンケースにシャーペンをしまい、消しゴムを持って、その落書きを綺麗に消した。

「お帰り宏子。ごはんできてるよ」

その言葉は、音のあるセリフとして聞かされることはない。ダイニングテーブルに置かれた手紙——重しにされていた油性マジックをポケットに入れて、紙は丸めて捨てた。ラップの掛けられた食事を、レンジで温めて一人で食べる。

食事の最中、ふと尿意を覚えた。わたしは立ち上がり、リビングのすぐ横にあるトイレへ入る。

……用を済ませて、顔を上げる。

そこに落書きがあった。

「山本宏子はお母さんと一緒にご飯が食べたい」

油性のマジックで書かれていた。

わたしは掃除道具入れから強力な洗剤を持ちだして、その落書きを、綺麗に消した。

覗き魔

神谷信二

私の通う学校には十年以上使用されていない旧校舎がある。その旧校舎の女子トイレに覗き魔が潜んでいるらしい。

旧校舎のトイレは、公園でも見かけることが少なくなった汲み取り式のトイレらしく、覗き魔は便器の中で女子生徒が来るのを静かに待っているのだとか。

その噂は、旧校舎が使われなくなった頃から囁かれ始めたので、もう十年になる。

私達が普段授業を受けている新校舎のトイレが盗撮されているなら問題だが、一ヶ月後に取り壊しが決まっている旧校舎に覗き魔が居ても特に問題は無い。

クラスメートからその噂を聞くたびに、「行くことないからいいんじゃない」と適当に返していた。

その言葉通り、私は旧校舎に行く気は無かったし、覗き魔の噂もハッキリ言ってどうでも良かった。

取り壊されると同時にこの噂も綺麗さっぱり忘れ去られる。

そう思っていたのに、クラスメートの安田美香からの提案でそれは壊されてしまった。

「旧校舎に行きたいんだけど、千春ちゃん……ついてきてくれない？」

普段、自分から話し掛けたりしない物静かな美香からの提案。

「えっ、なんで？」

嫌だの一言で済ませば良かったのかもしれないが、驚きのあまり理由を尋ねてしまった。

美香は満面の笑みで一眼レフのカメラをカバンから取り出し、爛々とした瞳を私に向けながら話を始めた。

「私、廃墟の写真とか撮るの好きなんだよね。軍艦島とか、お父さんに無理言って連れて行ってもらったことあるんだ。旧校舎って廃墟みたいな状態でしょ？そういう状態の学校の写真を撮れるチャンスってなかなか無いと思うからどうしても行きたくて。一人で行くのは心細いし、千春ちゃんならついてきてくれるかなって思ってさ」

何故私なのだと思いながらも、今まで感じたことのない美香の威圧的な話し方によって首を上下に振ってしまう。

「それじゃあ放課後……旧校舎の前で待ってるね」

その言葉を最後に踵《きびす》を返した美香は、颯爽と自分の席へと戻っていった。

美香はそれから、休み時間になっても話し掛けてくることは無かった。

誰とも会話することなく、ただ虚ろな目で運動場を見つめている。

放課後、美香に黙って帰ってしまおうかという考えが頭に過ぎるが、美香はそれをさせなかった。

「旧校舎前で待ち合わせって言っていたけど、やっぱり一緒に旧校舎まで行こうか」

いつのまにか私の背後に立っていた美香はそう言って、手をスッと差し出す。どうやら美香は私が帰ろうとしていることに気付いたようだ。

私はその手に触れることなく歩き出し、先に教室から出て行った。

仲が良かった小学生の頃なら、美香の手を取り、並んで旧校舎に向かったことだろう。

でも、今はあの頃とは違う。

美香は中学になってからクラスでも浮く存在になっていった。美香に対する虐めもいつのまにか始まり、今ではほとんど誰も話し掛けない。

私は只の傍観者だった。美香を虐めることも無ければ、友達に戻ることも無い。美香はまだ友達と思っているようだが。

靴を履き替えて外に出ると、既に空は夕日で赤く染まっていた。

さっさと済ませて帰らなければと、競歩のような速さで旧校舎へ向かっていく。

旧校舎の入口は固く施錠されているものの、割れた窓硝子から簡単に侵入することが出来た。

噂の覗き魔も此処から入ったのだろうか。

外靴のまま廊下に入ると、美香は感嘆の声を上げながらシャッターを切り始めた。

カシャ、カシャと言う音を立てながら、廊下を進んで行く。

私が居る意味ないなと思いながら美香の背中について行っていると、美香は突然足を止めた。

「ねぇ、千春ちゃん……女子トイレ見に行ってみない？　覗き魔発見して警察に通報したらさ、私たち表彰されるかもしれないよ？」

「えっ、表彰とかどうでもいいし。あのさ、もう写真撮らないなら私帰るけどいいかな？」

冷たくそう言い放つと、美香は今にも泣き出しそうな顔でスマートフォンを弄り始めた。

「千春ちゃんはもう少し優しい人だと思ってたんだけどなぁ。でも、嫌なら仕方ないか」

美香はそう言いながらスマートフォンの画面を私に見せてくる。

そこには、見覚えのある浴室と全裸の私が写り込んでいた。

恥ずかしさと怒りで頭の中が真っ白になっていく。

「こんなに澄ましてシャワー浴びてたら覗き魔に狙われちゃうよ？　ついてきてくれるなら、この写真は削除してあげる」

目を細めながらそう告げた美香を睨みつけた私は、「わかった」と声を震わせ、下唇を噛みしめた。

女子トイレに近づくにつれ、酷い悪臭が鼻を襲う。十年前の排泄物が汲み取られずに残っているのだろうか。

トイレに足を踏み入れた瞬間、何者かに見られているような感覚に陥る。

噂通りなら、覗き魔は便器の中に潜んでいる。見られている感覚は気のせいに違いない。

至る所にヒビが入ったピンク色の壁を通り過ぎ、個室をひとつひとつ確認して回る。

美香は私の背中に隠れるように、個室を覗いては「いないね」と呟いていた。

そして最後の個室。

便器の中を覗き込んだ瞬間、私の背中は強い力で個室の中に押し込まれた。

体勢を崩して奥の壁に手を付いて振り返ると、美香は怪しい笑みを浮かべながら扉を閉めた。

「ちょっ……何するのよ！」

声を張り上げ扉に体当たりを繰り返すが、扉はビクともしない。

外から鍵は掛けられない以上、この扉を押さえているのは美香しかいない。

小柄な美香との体力勝負なら、扉が開くのは時間の問題だ。

「いい加減にしなさいよ！」

怒気を含んだ声で絶叫して扉を何度も蹴るが、美香から言葉は返って来ない。

その時、また何者かに見られているような感覚に陥る。

大きく深呼吸してから便器の中を覗き込むが、暗闇が広がるだけで物音ひとつ聞こえてこない。

怒っても焦っても無駄だと思った私は大きく溜息をついた後、カバンからスマートフォンを取り出して親友の皐月に電話を掛けることにした。

今の状況を皐月に伝えればきっと助けに来てくれる。

コールのボタンを押そうとした瞬間、私の気持ちを察知したように皐月から電話が掛かってくる。

慌てて電話に出た私は、皐月の第一声を聞くことなく自分の状況を話し始めた。

「皐月！　お願い……助けて。今、美香に女子トイレに閉じ込められてて。扉を押しても蹴っても出れなくて……。旧校舎の女子トイレの中に居るから！」

『えっ……いや、千春いきなりどうしたの？　美香って……安田美香の事？　私もその件で電話したんだけど……』

どういう訳か、皐月も私と同じように気が動転しているようだ。

「美香の事って一体何？」

恐る恐る私が訊くと、皐月は耳を疑う話を始める。

『美香、今日の朝に自宅で首吊って自殺したって……。さっき先生から電話があった。千春には電話入ってない？』

「そ、そんな悪い冗談言わないでよ。さっきまで私、美香と一緒に居たし……今もトイレの中に閉じ込められてるんだから。そもそも美香は今日学校来てたから家で自殺するなんてありえないし！」

叫んだ後、掌から嫌な汗をかいているせいでスマートフォンが滑り落ちそうになる。

その私の言葉に、皐月は声を震わせる。

『今日……美香、学校来てないよ？　ねぇ千春、一体誰と一緒にいるの？』

皐月がそう問いかけてきた瞬間、再び何者かに見られているような感覚に陥る。咄嗟に便器の中に視線を落とすと、何かが横切る影が見えた。

恐怖のあまり、鼓動は早くなり、うまく呼吸が出来ない。皐月との電話だけは切ってはいけないと思った私は、声を裏返らせながらも話し続ける。

「の、覗き魔の噂あったでしょ？　今、便器の中で何か動いたような気がした……。覗き魔、まだ居るのかな？　皐月、お願い……助けに来て。私このままじゃ……」

『千春、それ……まだ信じてるの？　旧校舎に出る覗き魔の噂はガセだよ』

「えっ、だって私、何回も友達にその噂話聞かされて……」

そう呟いた瞬間、私にその噂を聞かせていたのが誰なのか解らなくなる。頭に浮かぶのは美香の顔だけだった。

『私が知ってる旧校舎の噂は、旧校舎を使用しなくなって十年経っても取り壊されない本当の理由だけだよ』

聞いてはいけない気がしたものの、「なにそれ」という言葉が口から出てしまう。

『旧校舎のトイレってボットンでしょ？　その中に……校長が殺した生徒の死体が隠されてるって噂。取り壊したら死体が出ちゃうでしょ？　だからずっと校長は旧校舎の取り壊しに反対してるって……』

皐月がその話をした直後、何者かに見下ろされているような感覚に陥る。

直接見ることが出来ない私は、カバンから手鏡を取り出して覗き込んだ。

そこに映っていたのは、明らかに人の顔の形をした黒い影。その陰の中心に白い眼が光っている。

「見てる見てる見てる見てる見てる見てる見てる見てる」

狂ったように同じ言葉を私が繰り返した時、皐月からの電話は既に切れていた。

ツーツーという音を聞きながら泣き叫ぶ。

その瞬間、便器の中から黒い手がヌッと飛び出し、私の足首を力強く掴んだ。

「嫌ぁあああああああああ」

便器に腕を掛けて引きずり込まれないように耐えるが、足を掴む力は人間の力を凌駕している。

足をバタバタさせて抵抗していると、個室の扉と床の隙間から美香の目が覗いていることに気付いた。

ジッと私を見つめる両目。

床に鼻から下が埋まっていなければ両目を覗かせることは出来ない。どうやら、皐月が電話で言っていたことは本当だったらしい。

瞬きせずにジッとこちらを見つめている美香。

「何で……何で私なの？」

泣き叫びながら私が問いかける。

美香は真直ぐ私の目を見つめ、「千春ちゃんは、そこに眠るお兄ちゃんが好きそうだから。千春ちゃんは、私の一番の友達だから」と抑揚のない声で呟いた。

頭の中で何かが繋がりかけた時、私の身体は闇の中に完全に引きずり込まれた。

夜警

鬼志仁

昭和という時代が終わりを迎える頃の話。

ある中学校の夜警のアルバイトの大学生が、見回りを終えて宿直室に戻ってきた。

室内にある黒電話で、午後九時の定時連絡を教頭にすると、もう朝までやることがない。

目の前にはかけ放題の黒電話がある。もちろん、緊急時以外使用禁止。

でも、大学生は最近できたカノジョの声が無性に聞きたくて、誘惑に負けてしまった。

受話器を取り、耳に当てると、ツーという音の代わりに、男女のくぐもったような会話が聞こえてきた。

息を殺して話を聞く内容から察するにどうやら二人は恋人同士らしい。が、そんなことより、大学生は背筋が寒くなった。

この黒電話は職員室の電話と親子電話になっているのだ。つまり、職員室に誰かいることになる。

もちろん、職員室はさっき見たばかりで、無人なのは確認済み。

大学生は静かに受話器を電話のそばに置くと、懐中電灯を持って同じ階にある職員室を目指した。

ドアの前に来たが、物音一つしない。

ゆっくりとドアを開けて、照明を点けた。が、誰もいなかった。

訝しく思いながら宿直室に戻ると、受話器から声が漏れている。まだ話しているのだ。

大学生は受話器を持つと、思い切って声をかけてみた。

「すみません、私は○○中学校の宿直の者ですが、そちらはどなたですか？」

すると、男の方が答えた。

「えっ？　この電話、混信しているんですか？　いや、まいったなぁ～」

「会話、聞かれていたの？　はずかしい……」と女の方が言う。

男の方はこの中学校の近所に住むSさんで、女の方は隣の区にすむDさんだという。

「明日、業者に見てもらいますから」と大学生は告げて、電話を切った。

受話器を置いた瞬間、電話が鳴った。出ると教頭先生だった。

「君、今、誰と話していた？」と、いきなり聞かれて大学生はしどろもどろになる。

「もしかして、S君とDさんじゃないのか」

「え、ええ。どうやら混信していたみたいで」

「S君はね、この中学校出身で、ここの夜警もやっていたんだ」

「そうだったんですか」

「Dさんというカノジョができてからは、よく、職員室の電話を使っていたんだよ。宿直室のを使うとバレると思ったんだろうがね」

「ちょっと待ってください。ならSさんは、職員室にいたんですか？　さっき見ましたけど」

「いたんじゃないか、『心』がね」

「？」

「この前、亡くなったんだ。それから毎日、夜中にDさんに電話が掛かってくるらしい。Dさんも、ちゃんと出て話していると聞いた。『四十九日が過ぎれば終わると思います』と言っていたよ」

あと十日ほどでDさんの四十九日だったが、大学生は翌日に辞めたという。

学生宿舎の怪

またたびまる

青年が自宅へと帰りつくのは、連日深夜を回っている。勉学に励み、そのままバイト先へと向かい勤労に勤しみ、大学にほど近い学生宿舎へと帰り着く頃には、身体はすっかり重たくなっている。

狭い部屋に電気をつける。誰もいない部屋に「ただいま」とつぶやく。一日中鍵を締め切っている部屋はかび臭く、呼吸をするだけで憂鬱が少しずつ色を濃くしながら肺の奥へと吸い込まれていく。

そのまま万年床と化した布団になだれ込むこともできたけれど、青年はそのままベランダへと出た。

風が冷たい。ふっと漏れたため息は白く、瞬時に空へと溶けていく。空気は頬に刺さるように冷たいが、澄み切っていて心地がよかった。

ジーンズの後ろポケットの中で潰れたセブンスターの箱を取り出し、残り二本となったうちの一本に火をつける。長く尾を引く煙のはるか先にはいくつもの星が瞬いていた。

煙草が短くなった頃には、身体は芯から冷え込んでいた。背中がぶるりと震えたため、そろそろ部屋へと戻ろうとしたその時、向かいの部屋の住人が青年と同様にベランダに出ていることに気がつく。

向かいは学生宿舎の女子棟である。どこの誰かは知らないが、同じ大学に通う女子生徒と時を同じくして星空を見上げていたことになる。ロマンチックと言えなくもない偶然に少し気恥ずかしくなった青年は、女子生徒に軽く会釈をして自室へと戻った。

それから数日後、深夜に帰宅した青年が煙草を吸いにベランダに出ると、またも先日と同じように、真向かいの部屋に住む女子生徒が先客として星空を見上げているではないか。

――まさか自分のことを待っていたのでは、などという思いが一瞬胸をよぎり、柄にもなく心臓の鼓動が速まる。

煙草にうまく火がつかない。動揺を読み取ったかのように、ライターは空回りをするばかりでうまく炎を吐き出さなかったが、気にならなかった。青年はしばし星空を見上げ、満足そうに部屋へと戻った。

それから幾度となく同じことがあった。青年は星空を見上げ、向かいの棟に住む女子生徒とその時間を共有した。暗闇で見えないだろうけれども、彼女に向かって手を振ることもあった。きっと彼女も自分を見つめているに違いない。その思いは日増しに強くなり、青年の心に活力を与えるのだった。深夜に帰宅することも苦にならなくなっていた。


——会いに行こう。


そう青年が決心したのは、半ば自然な流れだったのかもしれない。向かいあったベランダ同士ではなく、同じベランダに立ち、肩を並べて星を見たいと、そう思った。

「はじめまして」は今さらだろうか。いきなり尋ねて彼女は驚くだろうか。青年ははやる気持ちを抑えながら、向かいの棟の入口をくぐり、階段を上った。

インターホンを鳴らす。

すぐに「はぁい」という少し高めの声が聞こえてドアが開く——そんな展開を想像していたが、部屋の中から返事はなかった。

——ベランダに出ていて聞こえなかったのだろうか？

再度インターホンを鳴らす。今度は指に力が入った。ドアの向こうは静まりかえっている。留守なのかと納得しかけてすぐに打ち消す。自室を出る前に、ベランダに立つ彼女の姿を確認していたのだから。

もう一度インターホンを押す。返事はない。先程までの浮き足立った気分はすっかり苛立ちに変わっていた。

「おい」

声をかける。ノックをする。

「いるんだろ、おい」なんとしても一言言ってやりたい衝動を抑えきれず、青年はドアノブを回した。

ドアは拍子抜けする程に呆気なく開いた。青年と同じ間取りの部屋がそこに広がっている。ベランダに続く窓からは冷たい風が流れ込み、薄桃色のカーテンがはためいていた。

——なんだ、やっぱりいるんじゃないか……。

青年は部屋に上がり込み、カーテンを思い切り開いた。そして彼女と邂逅する。

ベランダで首を吊っていた彼女は、何も映さない瞳で星空を見上げていた。

＊　＊　＊

私の通っていた大学では、新入生歓迎の時期に前述の都市伝説を上級生から聞かされるのが常であった。そして何名かの生徒が顔色を変えるのは、その舞台が新入生の半分程が入居している学生宿舎だからであり、我々の通っていた大学が、事実自殺者が多いことで有名だったからだ。

私が通っていた四年間の内、少なくとも三件の学生による自死があった。一件は研究棟の屋上からの身投げ、残る二件は学生宿舎内での出来事だったという。私が知らないだけでもっと多かったのかもしれない。

木造築三十年、風呂は敷地内の大浴場を利用、調理場やトイレなどの共有スペースは一棟につき数箇所しかなく、このご時世にエアコンさえついていない。それが学生宿舎のステイタスだった。おまけに自室としてあてがわれる部屋の広さは三、四畳ほどしかない。宿舎に住む学生たちはその狭いスペースに寝床や机、衣類などの生活用品さえも確保しなくてはならないのだ。誰が呼び始めたのかは知らないが、宿舎はしばし「独房」とさえ称されていた。

驚くなかれ、それでも学生宿舎の入居希望者は絶えることがなかった。例年四月に年間の入居の可否が抽選で決まるのだが、その倍率は十倍とも二十倍とも言われていた。何しろ家賃を初めとする固定費が格安なのだ。大学近くの家賃相場に対しておよそ二割弱、家賃は月額一万円を切る。おまけに光熱費もほぼ無料。決して住環境がいいとは言えなくても、入居を希望する学生は絶えなかった。

都市伝説の他にも、宿舎の噂は幾つも耳にした。深夜に共有トイレの個室で水が流れ、ドアが開いたけれど誰もいなかった、とか。部屋の鍵が縦にしまる部屋や、ドアチェーンが短い部屋は過去に自殺者が出た部屋なのだ、とか。

私自身は入学当初からアパート暮らしを選択したため、学生宿舎の暮らしを身をもって体験したわけではないから、適当なことを言うことは出来ない。無論宿舎に住むメリットも山ほどあっただろう。宿舎の友人たちは住居の近さからか皆仲が良く、ある種結託しているようにも見えたので、それが羨ましく思ったこともあった。

けれど友人の部屋に遊びに行く際に通った廊下の切れかけた蛍光灯や、窓もなく光も差し込まない薄暗い階段に嫌に響く声、それに共有トイレに手洗いスペースの長い鏡に、私は嫌な印象を拭うことはできなかった。「ここには住みたくない」失礼ながらも、率直にそう思ったものである。ここに何かが住みついていても、それは薄闇に紛れてしまうだろう、そんな気がしたのだ。

数ある学生宿舎の中には、数部屋だけ隣室と洗面台を共有するタイプの部屋があった。多くの部屋には洗面台などなく、学生は共有トイレの真横にある洗面スペースを使うほかない。おまけにその部屋は他の部屋よりも少しだけ間取りが広く、学生宿舎に入居した友人たちはそのラッキーな部屋に当たった住人を羨んでいた。

けれど、その中にはあるらしいのだ。「水が出ない洗面台」が。

その設備上の欠陥は何年経っても放置されているという話だった。いや、いくら直しても直らないのだ、と。そう聞いた。

その部屋は入居者の入れ替わりが激しく、すぐに空き室になるという話だった。大多数の学生は年一回の抽選に外れて、強制的に追い出されることになるまでは、宿舎で過ごし続けるのだから異例のことである。

「そりゃあ、せっかく洗面台が近くにあっても水が出なきゃがっかりだよね」

「設備の欠陥ならなんとかして直せばいいのにね」

「そこまで予算が回らないとか？」
学生の頃、よく友人たちとそんな会話をした。

学生時代を経て入社した会社には、偶然にも三つ上の年次に同窓の先輩がいた。部署こそ違ったが、何かと目をかけてくれることが多く、先輩を通じて飲み会に呼ばれることも多かった。

あれは確か、いつかの年の暮れに開催された忘年会だっただろうか。飲食店のワンフロアを貸し切った立食形式のパーティーだった。私は先輩を交えた数名の地方出身のメンバーと、「地方大学あるある」をテーマに盛り上がっていた。

皆いかに大学が田舎の土地にあったか、大学構内がボロボロだったかというエピソードを競って披露していた。ふと思い立って、いつまで経っても欠陥の直らない宿舎のことを思い出し、「水が出ない部屋」の話題を挙げた。場はそこそこに盛り上がり、私は空になったグラスを交換すべく、輪を離れた。

生ビールのお代わりを頼み、細くて背の高いビアグラスに黄色の液体が注がれるのを眺めていた時、先輩が私の横に並んだ。

「あのさ」

先輩もドリンクの交換に来たのだろうか。そんな思惑とは裏腹に、先輩のグラスの中身は先程から少しも変わっていなかった。

ドリンクの交換台の真上には、天井から吊り下がるタイプの間接照明が設置されていた。眉間に皺を寄せた先輩の顔が驚くほど白いことに思わずたじろぐ。

店員から渡されたビアグラスの外側についた結露が一本の線になってガラスをつたう。

「さっきの話」

「はあ」

要領を得ない先輩の話の着地点を探しながらビールをひと口飲み込む。店内にはクラシックをジャズ調にアレンジしたＢＧＭが流れていた。

「俺、あの部屋行ったことあるよ」

「あの部屋って？」

「水が出ない洗面台、の部屋」

そこまで聞いてもなお、先輩がわざわざ輪から離れてまで宿舎の話をしに来た理由が分からなかった。

「へぇ、不便でしたか？」などという適当な相槌を打ちながら、先輩の話の続きを待つ。

「あれはさ……、設備の欠陥なんかじゃないよ」

不可解な言葉に片眉をあげた私を傍目に、先輩は一気にグラスをあおった。

「この話は誰にも話したことはないんだけど」と話し始めた先輩の顔は見たことがないほど真剣で、なんというか、そう鬼気迫っていて。私は曖昧に頷きながら話の続きを待った。

＊　＊　＊

およそどの大学もそうだと思うけれど、新入生歓迎は、各サークルや学生団体が新入学生を獲得しようと大いに盛り上がりを見せるイベントだろう。多くのサークルは入学式前後に花見や食事会と称した飲み会を開催したり、部活やサークルの体験型の会を開催している。新入生は新入生歓迎の時期の飲食は無料とあって、その時期に数多のサークルのイベントに参加することで、ただ飯を喰らい歩く学生も存在する。

例に漏れず、先輩もそんな学生の内の一人だった。そして、あるサークルの新入生歓迎会で知り合ったのが、Aという男子生徒だ。先輩とAは所属する学部こそ異なるけれど、高校時代は二人ともテニス部に所属していたこともあり、何かと気が合ったのだという。特定のサークルへの入会を決めるでもなく、フラフラとビラを頼りに今日のただ飯を求める日々は、有り体に言ってとても楽しかったそうだ。

そしてある部活の新歓イベントで二人はしこたま呑まされ、先輩の足元がおぼつかなくなったために、その日はAの宿舎に泊まることになったのだという。

明け方、先輩は背中の痛みと肌寒さで目を覚ました。無理もない、四月の初旬とはいえ、暖房器具もない部屋の床に、布団もかけずに転がっていたのだ。Aの低いいびきを聞きながら、コンタクトが張り付いた目を潤そうと、二回大きく瞬きをする。

二日酔い特有の胸のムカつきはそれほどでもなかったが、口の中がひどく乾いていた。粘ついた口腔を洗い流そうと、洗面台へと向かう。

Aの部屋のドアを開けた真向かいに、それと全く同じ顔をした隣室のドアがある。洗面台は二つのドアのちょうど中心に位置していた。

スニーカーの踵《かかと》を踏み潰し、数歩歩く。ドアは金属が軋む音をたてながらゆっくりと閉まった。

水垢まみれの鏡には自身の顔が映っていた。蛇口をひねる。

手で水を受けようとしてためらったのは、その水が赤錆色をしているように見えたからだ。

配管の古さが原因だろうか。しばらく待てば直るだろうかと見ていると、水は透明になるどころか次第に赤色を濃くしていく。まるで、血の色のように。

その時だった。突然背中から尾骨までを切り裂かれるような、真一文字の悪寒が走ったのだ。視界が歪む。耳元でドラでも打ち鳴らされているかのような頭の痛みに思わず膝をつく。

ゴボゴボという音が聞こえた。

生臭いにおいが鼻先に漂う。

手で口を覆ったが、遅かった。胃の中のものが湿った音をたてながら床へと撒き散らされる。

終わらない嘔吐反射に身体が波打つ。開いたままの口を閉じることができない。低く呻く。涙と、鼻水と、涎《よだれ》と。顔中の穴から水分が出るのをどこか冷静に観察する自分がいた。

——ヤバい。何か知らないが、ヤバい。

Ａの部屋へ戻ろうと洗面台に手をかけ、膝に力を入れた。

そのままもう少し、上半身を持ち上げる。

そこにあったのは、蛇口から流れる赤い液体に真っ赤に染まった洗面台だった。

ひぃっと、声にならない悲鳴が出た。上下の歯が勝手に音を鳴らす。

時間にしてほんの数秒だろうが、先輩は金縛りにでもあったかのように、その場から動けなかったそうだ。目を瞑ることも蛇口を止めることも、腰を抜かすこともできず、赤い液体が排水溝に吸い込まれる様を立ち尽くして見つめていた。

踏まれた猫のような叫びが出たのは、鏡に映る自分の背後に、何かの影が映ったからだ。

今度こそ腰が抜けて、へたりこむ。

怖々と後ろを振り返ると、同じ年齢くらいの学生が、先輩を無言で見下ろしていたという。

「あっ、あのっ、こ、ここれ、すす、すみません、ここ、ち、血が！」

呂律が回らない。けれど、誰かに伝えなければ――と、先輩は必死で訴えたという。

「これ！　ここ！　みてよ、ほら」

誰かがいた、この空間に自分一人ではなかったという実感に、次第に落ち着きを取り戻した先輩は立ち上がり、洗面台を示した。

けれど、そこには何も無かった。洗面ボウルに飛び散った血しぶきも、蛇口から流れる大量の血液も。確かにひねったはずの蛇口は、水滴ひとつ落としておらず、平然とそこに佇んでいた。

――酔った自分が幻覚でも見たのだろうか？

途端に羞恥が込み上げ、顔がカッと熱くなった。いたたまれない気持ちで「なんか……お騒がせしてすみません」と会釈をすると、その学生は無言で隣室のドアを開けて部屋の中へと入っていった。

――気味の悪い男だな。

吐瀉物を片付けるべく、共有トイレから持ち出したトイレットペーパーで床を拭きながらも、気分は晴れなかった。

洗面台を使いたかったのかもしれないが、挨拶をした相手に無言ってことはないだろうと、釈然としない思いに、床を拭く手に力が入る。赤く染まった洗面台のことは考えないようにしていた。

Ａの部屋へ入る前に、もう一度洗面台を振り返る。やはり血しぶきが飛び散った跡など微塵も見えなかった。もう一度蛇口を捻って確かめる気分にはなれず、足早にAの部屋のドアを開けた。

静かな部屋に響くAのいびきを聞きながら、仰向けに寝転がる。夜明けまでにはまだ時間があったが、到底眠れそうにもなかった。

その後、空が明るくなってから起き出してきたAは、朝食でも食べにいこうと先輩を誘った。朝からチェーン店で牛丼を頬張るAを傍目に、先輩は何本も煙草に火をつけては、すぐに灰皿に潰した。

「……あのさ」

灰皿に五本目の煙草を押し付けたところで、先輩はAに切り出した。

「お前の部屋、なんか変わってない？」

「変わってるって？　宿舎なんかどこもあんなもんだろ。ひどい部屋は虫とかもすげー湧くみたいだし、普通じゃね？」

洗面台のことを言い出すべきか、手の中で百円ライターをもてあそぶ。丼の上に大量に盛った紅しょうがを咀嚼しながらAが言った。

「洗面台はなー、なんか拍子抜けだよな」

「洗面台」

ああ、とAは続けた。

「せっかく共有スペース行く必要ないと思ってたのに、あの蛇口、一切水出ねぇんだもんな。知ってた？　あの部屋タイプって家賃五百円も高いんだぜ？　詐欺だよ詐欺」

水が出ない。その言葉を口の中で反芻する。ならばやはり、あれは自分の幻覚だったのだ――、無理やりそう自分を納得させた先輩は話題を変えようと煙草に火をつけた。

「ていうかさ、Aの隣室の奴愛想悪すぎじゃね？　俺、朝方にちょっと挨拶したらガン無視されたんだけど」

「いやいやいや」

Aは笑いながら先輩の言葉を遮る。

「うちの隣、入居した時からずっと空き部屋だから」

寝ぼけて夢でも見たんじゃねぇの。そう言うAに、先輩は相槌すら打つことができなかった。そのまま店の前で別れると、逃げるように自宅へと急いだ。

「でも……Aさんはそんな洗面台が隣にある部屋で……本当に何もなかったんですか？」

「一度電話がかかってきたよ。ノイズが入ってて聞き取りにくかったが、誰かに向けて話していたみたいだった。『誰だ』『来るな』『ちがう』って言っているように聞こえた。いや今思うと『血が……』って言っていたのかもしれない。電話はすぐに切れて、かけ直したが繋がらなかった。部屋にも行ったが、Aはいなかった。少なくとも鍵がかかっていて、ドアを叩いても応答はなかった。そのまま連絡が取れなくなったよ。一ヶ月もした頃には電話はすでに解約されてた」

冷たい酒で冷えたのか、強めにかけられた空調のせいか、腕にたった鳥肌をもう片方の手でさする。

「Aの声を思い出す度に眠れなかった。今では少しましになったけどさ。だけど今でもたまに、水道をひねる時には少し身構えるよ。ウケるだろ」

いいえ、と首を振った。他に何と言ったらいいのか分からなかった。そのままトイレに向かった先輩の後ろ姿を見送りながら、別の同僚に声をかけられてフロアに戻る。

＊　＊　＊

社内の噂話に相槌を打ちながら、私は思い出していた。あの当時、学生時代に突然宿舎から転居した友人のことをだ。

テスト期間の真っ最中という、変なタイミングの引っ越しだった。

「なんで引っ越すの?」という素朴な疑問に、彼女は「なんとなく」と曖昧な笑みを浮かべるだけで、具体的な理由への言及を避けた。そして以降、頑なに宿舎には寄り付かなかった。大学から駅へ行く際には宿舎の中を突っ切ってしまうのが一番の近道なのだけど、わざわざ遠回りして国道沿いの道を通る徹底ぶりだった。

……彼女の部屋もまた、隣室と洗面台を共有するタイプではなかっただろうか。

古い学生宿舎には、昔からずっとそこにいる何かが住み憑いているのかもしれない。

もしあなたが学生で、かつ春から学生宿舎に入居する予定があるのならば気をつけてみてほしい。

洗面台の蛇口から、水は出ますか?

隣室には、誰が住んでいますか?

あわせ鬼

湧田束

「ねえねえ、こういうのって何だかワクワクするよね」

コンパスで方位を調べながら、朱音《あかね》が悪戯じみた視線を送ってくる。

「あんまり気乗りしないけど……」

溜め息まじりに、私は朱音の指示する場所に鏡を置く。

放課後の教室に残っているのは、私と朱音、そして暇つぶしがてらと誘われた岡安智樹《ともき》だけだった。

私たちが教室の中央に机を寄せるのを窓際で見ていた岡安に、朱音が口を尖らせて言う。

「あんたも手伝いなさいよ」

「やだよ、俺は手出さない。何かあったらマズいじゃん」

「マズいって何よ?」

「ほら、学校でこういうオカルティックなことするのって禁止だろ。降霊術とかマジナイの類《たぐい》。狐狗狸《こっくり》さんとか言うんだっけ？」

「全然違うわよ。霊媒師じゃあるまいし」

憮然とした表情で、朱音は机を円形になるように並べ始める。

「似たようなもんだろ。いや、余計に質《たち》が悪いな、人喰いの鬼を引っ張り出そうってんだから」

含み笑いしながら、岡安は椅子の上に胡座《あぐら》をかいて座り直す。

「そういう信仰心のない軽薄な奴が、真っ先に喰われるのよ」

睨みつける朱音に、岡安は「そりゃ怖ぇな」と言って肩をすくめる。

傾きかけた夕陽とともに窓の外が灰色に変わっていく中、私と朱音は準備を続けた。教室の中央に円を描くように机を並べ、その両端に六十センチほどの鏡を向かい合わせになるように立て掛ける。


合わせ鏡の奥に鬼の姿が見える、などという荒唐無稽な噂が広がったのは、この数ヶ月の間のことだ。鬼といっても、その姿は人間の女に化けているとか、牙の生えた口で人を喰い千切るとか、菖蒲《しょうぶ》の葉の匂いが苦手だとか、まことしやかな尾ひれの付いた話ばかりが生徒たちの間で語られていた。

椅子に寄りかかった岡安が、背伸びしながら言う。

「でもさ、実際にやったことある奴だって居んだろ？　確かC組のちょっとメンヘラっぽい女子連中……筒見と佐本だっけ？」

「彼女らはやり方が違ってた。護符や鏡を用意したまでは良かったけど、全部が逆だったの。鏡に写すんだから護符文字も逆さにしなきゃ。鏡の位置も」

そう言うと、朱音は鏡のひとつをコンパスの南西の方角に合わせる。

「これが裏鬼門。未申《ひつじさる》の方位」

へえ、と感心したように、岡安は腕組みする。

「風水師にでもなった方が良いんじゃねえの、朱音って」

「そんな簡単なもんじゃないわよ。私だって色々噂を調べてようやく分かったんだから」

手に付いた埃をスカートで叩《はた》いて、朱音は教室の中を見渡す。円形に組まれた机の上には白い布が敷かれ、そこには禍々《まがまが》しい赤い護符文字がびっしりと書き埋め尽くされていた。

「これで……完成かよ」

それまで冗談めかしていた岡安も、さすがに緊張した面持ちに変わる。

「まだよ。結衣《ゆい》、カーテン閉めて」

「う……ん」

朱音の言う通りにカーテンを引くと、薄暗くなった教室の中に張り詰めた空気が立ち込めていく。


赤い護符文字の書かれた布の上に、朱音は受け皿に置いた一本の蝋燭《ろうそく》を灯す。

「後はこの片方の鏡に掛けられた布を取れば、互いの鏡が合わせ鏡になる。そうすれば、重なり合った鏡の奥から人喰いの鬼が出てくると言われているわ」

布に手を掛けようとした朱音に、岡安が慌てて椅子から飛び降りて言う。

「ちょ、ちょっと待てって。こういうのって真夜中にやんなきゃ意味ないんだろ？　確か丑三《うしみ》つ時とかって」

「そう。丑三つ時は鬼門の方角だから夜中の二時半辺り。でもまさかそんな時間に学校に忍び込む訳にもいかないしね。裏鬼門なら『未の刻』の午後一時から三時、若しくは『申の刻』の午後三時から五時ってとこね」

「なんだよ、もう過ぎてるじゃん」

どこかホッとした様子で岡安が六時を少し回った教室の時計を指差すと、朱音はその吊り気味の瞳を細める。

「でもね、冥界と通じる時間はそれだけじゃないわ」

「何だよ……それ」

訝しげな表情を浮かべる岡安に、朱音は円形になった机の周りを歩きながら言う。

「『逢魔《おうま》が時』って知ってる？　昼から夜へと変わる、黄昏の時。光と闇、この世とあの世の境界。『大禍時《おおまがとき》』とも言うくらいで、災いが起こる時間だとも言われてるの」

「昼から夜に変わるって、じゃあ……」

「そう、逢魔が時は夕方の五時から七時。まさに……今よ」

朱音が鏡の布を外す。

薄暗い室内に一本だけぽつんと灯る蝋燭の炎が、合わせ鏡の中に幾重にも虚像となって拡がっていく。炎が微かに揺れるたびに、鏡の中の像も無限に揺らぎを繰り返す。

「何だか……酔いそうだ」

鏡を覗き込んだ岡安が、眉をしかめる。

「もし人喰いの鬼が姿を現したら、少しずつ中の像の時間が遅れてくるって言われてるわ」

「そんなことあるもんか。光の速さだぞ」

岡安の反対側から、私も恐る恐る鏡を覗き込んでみる。

仄かな蝋燭の明かりに照らされた自分の顔が、鏡の中には延々と続いていた。強張っていた表情が、鏡の奥につれて歪んで笑っているように見えた。

「う……」

思わず口を押さえて後ずさる私に、朱音が薄く笑いながら声を掛けてくる。

「本当、結衣は怖がりなんだから。今はまだ現世と常世《とこよ》の入口が開いただけよ。こっちから鬼に存在を伝えなきゃ」

鏡へと手を伸ばす朱音を、岡安が押し留める。

「鬼の姿なんて見えないし、もういいんじゃねえか？　俺も本当に気分が悪くなってきた」

「視覚酔いよ、すぐに慣れるわ。ここまでやっといて終わりって訳にはいかないでしょ」

朱音が机の上に手を付いて鏡に手を当てると、その表面が少し歪んだ気がした。

「温かい……気がする。鏡のはずなのに」

「朱音、もうやめといた方が……」

「結衣もやってみなよ。何だか柔らかいものを押してる感じ。もう少しで……手が中に入りそう」

さらに身を乗り出した朱音が手の平に力を込めようとした瞬間——、
突然、鏡の中から伸びてきた青白い手が、朱音の手首を掴む。

「きゃあああああああっ！」

悲鳴をあげた朱音が身を反らせようとするが、その手は朱音の手首をしっかりと掴んだまま離そうとしない。

「あ、朱音っ！」

鏡の中に引きずり込まれようとする朱音の体を、私は後ろから必死に抱きかかえる。

「ひ、い……」

「朱音、朱音っ！」

もの凄い力だった。長い爪の食い込んだ朱音の手首は、すでに赤黒く変色し始めていた。

力を込めて手を振り払おうとした時、鏡の向こう側にうっすらと人の顔のような影が見えた。

「ひ……」

青ざめた私が声を上げた瞬間、その影が朱音の手に喰らいつく。

「ぎゃあああああっ！」

朱音の絶叫が響き渡る。

赤い牙をむき出しにして朱音の手に噛み付いていたのは……間違いなく人喰いの鬼だった。

長い髪を振り乱して目を見開き、口が耳まで大きく裂けたその姿は、到底人間だとは思えなかった。

鬼はその尖った牙で朱音の手を噛み千切ろうと、唸り声をあげる。

「ぐ、ぐ……ぐ」

朱音の手から噴き出した鮮血が、白い布に飛び散っていく。

「い、嫌あっ！」

「朱音っ！」

泣き叫ぶ朱音の手の肉がえぐり取られようとした瞬間——、

耳をつんざくほどの甲高い音が、教室に鳴り響く。

もつれあった私と朱音は、机から床に倒れ込む。

顔を上げると、叩き割られた鏡と椅子を手にした岡安の姿があった。

「く……そ」

岡安は震える手で椅子を落とし、力なくその場に座り込む。

鬼の姿はもう無かった。

蝋燭の火が消えた教室の中に残っていたのは、鼻をつくような血の匂いと逢魔が時を告げる闇の姿だけだった。

＊　＊　＊

それから数日が経った。

朱音の怪我は酷く、肉が千切れた上に手の神経も傷ついてしまったらしい。入院している病院にお見舞いにも行ったが、朱音は憔悴しきった上に何かにひどく怯えていて、とても話が出来る状態ではなかった。

教諭や家族たち大人の間では、今回の件はオカルトめいた儀式を行っている途中にパニックを起こした朱音が、自らの手を喰い千切ったのだという結論に至っていた。いくら私や岡安が鏡の中から人喰いの鬼が現れたなどと言っても、到底信じてもらえないのは分かっていた。

岡安とはその後何度か話す機会はあったが、彼は今回の件には触れたがらなかった。

「思い出したくないんだ、悪いけど」

そう彼は言った。

「ただ、合わせ鏡には気を付けた方が良いと思う。変だと思われるかもしれないけど……俺さ、今でもあの鬼が鏡の中に潜んでる気がするんだ」

それは私も感じていることだった。

あの件以来、私も極力鏡を見ないようにしていた。自分の部屋の中の鏡を片付け、学校や外でもなるべく鏡のある場所から離れて暮らすようになっていた。

数日後の夕方、学校から家に帰ると家族はまだ誰も居なかった。

「今日は仕事で遅くなるって……言ってたっけ」

気重なまま、廊下の電気をつけて洗面所へと向かう。

さすがにこの世の全ての鏡を取り去る訳にはいかない。家や学校はもちろん街中や歩道、傍らを通り過ぎる車にさえ鏡は付いているのだ。

「ふ……う」

小さく溜め息をついて手を洗う。外して脇に置いた腕時計の針は六時を少し回っていた。飛沫を上げる水道の音にふと顔を上げると、洗面台の大きな鏡に少しやつれた自分の顔が映っていた。だが私が驚いたのは、洗面台の鏡に映る自分の後方……背後にある洗濯機の上に、卓上用の小さな鏡が置いてあることだった。

「や、だ」

家族の誰かが置き忘れたのだろうか。慌てて振り返り、背後に立て掛けられた小さな鏡に手を伸ばす。

だがそれに触れようとした瞬間、合わせ鏡になってしまった洗面台の鏡に微かに黒い影がよぎった気がした。

振り返った瞬間、思わず息を飲む。

洗面台の鏡の中に……あの赤い牙をした女が立っていた。

口元から真っ赤な血を滴らせた女は、光のない目を見開いたまま私を見つめていた。

鏡越しに向き合う私に、その女……いや、人喰いの鬼はゆっくりと手を伸ばしてくる。

「ひ……」

体が動かなかった。身じろぎできない私を嘲笑うかのように、鬼の手が鏡を突き抜けてこちらの世界に現れる。

そして鬼は長い爪を立てて……私の手首を掴む。

「や、やめ……」

抗う暇すら無かった。鬼はその爪を私の肌に食い込ませると、一瞬で私の手首を握り潰す。

「う、あああああああっ！」

骨が皮膚を突き破り、手首から鮮血が吹き出す。かろうじて皮一枚だけを残して繋がっている手首を押さえるが、とめどなく溢れ出す血が止まらなかった。

苦痛に歪めた顔を上げると、目の前に鏡から体の半分を乗り出した鬼の姿が見えた。振り乱した髪の奥の瞳が、まるで獲物を前にした獣のように緋色に輝いていく。

「ひ……い」

そして鬼は牙の生えた口を大きく開き、私の首すじへとその赤い牙を突き刺す。

ゴギ……リッ。

骨の砕ける音と、肉の千切れる音が体内に響く。

目の前の鏡には、首から血飛沫をあげる自分の姿が映っていた。
凍てつくような感覚とともに、ほとんど切断されかけた首が不安定に前後に揺れる。
がくりと垂れ下がった視界の中で最後に見えたのは――、
口元を血まみれにした人喰いの鬼が、血溜まりの中で笑みを浮かべる姿だった。

＊　＊　＊

「後はこの片方の鏡に掛けられた布を取れば、互いの鏡が合わせ鏡になる。そうすれば、重なり合った鏡の奥から人喰いの鬼が出てくると言われているわ」

「ちょ、ちょっと待てって。こういうのって真夜中にやんなきゃ意味ないんだろ？　確か丑三つ時とかって」

「そう。丑三つ時は鬼門の方角だから夜中の二時半辺り。でもまさかそんな時間に学校に忍び込む訳にもいかないしね。裏鬼門なら……」

茫然と佇む私の傍らで、朱音と岡安は話し続けていた。

何が起こったのか、分からなかった。

辺りを見渡すと、そこはカーテンの引かれた薄暗い教室だった。

円形に置かれた机、赤い護符文字の書かれた布、そして……向かい合ったふたつの鏡。

何もかもが、あの日のままだった。


腕時計を確認すると、日付はあの事件の起きた日と同じだった。

「そ……んな」

愕然とする私を余所に、朱音は机の周りを歩きながら言う。

「『逢魔が時』って知ってる？　昼から夜へと変わる、黄昏の時。光と闇、この世とあの世の境界。『大禍時』とも言うくらいで、災いが起こる時間だとも言われてるの」

「昼から夜に変わるって、じゃあ……」

「そう、逢魔が時は夕方の五時から七時。まさに……今よ」

朱音が布を取ると、机の上に置かれた蝋燭が合わせ鏡の中に幾重にも映し出されていく。

「これ……は」

闇の中に無限に続く合わせ鏡の世界を見て、ようやく私は気付く。

これは予知夢でも白昼夢でもない。

今、目の前にある光景は、間違いなく私が経験したものだ。ならば、辿り着く答えはひとつしか無い。

「繰り……返し。合わせ鏡のように幾重にも連続した……同じ時間の」

聞いたことがある。合わせ鏡の一番奥に映るのは、自分の死の姿だと。

だとすれば……私は生と死の狭間を、永遠に……。

青ざめる私に、朱音が口の端を上げて告げる。

「本当、結衣は怖がりなんだから。今はまだ現世と常世の入口が開いただけよ」

朱音が鏡へと手を伸ばしていく。

鏡に映る蝋燭の炎が揺らめく中――、
その影に身を潜める鬼の赤い牙が、僅かに見えた。

校庭の黒穴

三石メガネ

Kさんには、十歳になる息子の優斗《ゆうと》君がいる。Kさんが三十年前に通っていた小学校に通っているそうだ。さすがに知っている先生は退職してしまったけれど、思い出深い母校に息子が通っているのは、父として感慨深いものがあるらしい。

その優斗君が、つい先日に騒ぎを起こしたという。

教室内での彼の席は窓際だ。授業に飽きてくると、よく外を眺めていた。

その日も退屈な話を聞きながら、二階から校舎を見下ろしていたそうだ。

「校庭の隅っこ、ほとんど柵ぎりぎりのところに、穴のようなものがあったと言うんです」

校庭はフェンスで囲われており、その左角に、黒い穴らしきものが見えたらしい。もちろん教室からは随分と遠いので、はっきりとは見えない。ただ「あんなところに穴なんかあったかなあ」と気にはなったそうだ。生徒が遊びで掘ったくらいならばあれほど黒くは見えないから、小さくはあるがそれなりの深さだろうと思われた。

授業が終わり、貴重な休み時間になって、彼は穴のことなど忘れてしまった。それほど気を引くようなものでもない。

再び思い出したのは次の日だった。その日は朝から今にも降り出しそうな灰色の雲が立ち込めていた。

やはり優斗君は授業に飽きだして、窓の外を見やる。そういえばあの穴はどうなったかなと、ようやく思い出して探してみた。

「どれだけ見渡してもなかったようです。一度気になったら落ち着かなくて、授業が終わるまで探してたみたいなんですが」

ついには先生によそ見を怒られたそうだが、結局見つからなかったらしい。外が薄暗いせいかもしれないと思ったが、どうも腑に落ちない。

優斗君は休み時間に穴のことを友達に聞いたが、誰一人そんなものは知らないと言った。「危険だからと埋められてしまったのだ」と、彼は無理やり自分を納得させた。

しかし次の日、また穴は現れた。

小雨の降る日だ。暗さは昨日と変わらない。にもかかわらず、優斗君はちゃんと校庭の隅に穴らしき黒点を発見することができた。

「嬉しいというか、興奮したそうです。それで友達に言いふらしたら、確認しようってことになったようで」

昼休み、給食を早く食べ終えて、友達と三人で校庭の隅に向かう。校舎の二階からでも見えるほどの大きさだ。当然すぐに見つかるだろうと思っていたらしい。

「それが、見つからなかったそうなんです。範囲を広げてあちこち調べたようですが、どこを見ても校庭はまっ平らで、掘った痕跡すらなかったらしくて」

嘘つきと思われたくない優斗君は必死で弁明したそうだ。二日前にも穴はあったが、昨日だけはなかったと。

二人の友人は半信半疑だったようだ。そして、微妙な空気のまま休み時間が終わった。

「悔しかったみたいですよ。意地になっちゃって、ノートに記録までつけ始めてね。『穴は一日おきに現れるのかもしれない』とか」

その結果、穴らしきものを見る日は決まって火曜日と木曜日だったらしい。ただ、実際に校庭に出て調べるとそこには何もない。退屈な授業を受けながら窓越しに校庭を眺めたときにだけ、それは見えるのだそうだ。

優斗君はその事実を誰かに話したいと思ったらしいが、相手がいなかった。友人二人は窓際の席ではないし、以前に信用してもらえなかった経緯もある。Kさんが息子から話を聞いたのもこのときだったらしい。

「そのときは分からなかったんですよ……不思議な穴って言われたし、場所も詳しく聞いてなかったから。『お父さんの時代にはそんな話は聞かなかったなあ』って話すと、残念そうでした」

そしてある日のことだ。

優斗君は小学校の体育館で行われた器械体操教室に参加したため、帰るのが遅くなった。東の空は薄墨色に染まり始めている。同じ教室を受けていたクラスメイトの健君とは、普段はさほど話さないそうなのだが、帰りが同じ方向ということもあり、なんとなく一緒に帰ることになったそうだ。

身支度を終え、さあ体育館から出て帰ろうとしたとき、優斗君はあのことを話した。

「その子はすぐに信じてくれたそうで、優斗もすごく嬉しくなったらしくて。じゃあ今から行って見ようか、ちょうど木曜日だし、ってことになって」

健君はそういった類の話が大好きらしく「異世界に通じる穴なのではないか」と興奮した。異世界への穴という発想は彼らにとってとても魅力的だったようで、ひと気のない薄暗い校庭を、二人はわくわくしながら進んでいった。

そしてやはりというべきか、結果は以前と同じだった。穴は見つからず、掘られた痕跡すらない。

しかし健君は以前のクラスメイトとは違う反応をした。「異世界に通じる穴なのだから、普通に見つけられるわけがない」と言うのだ。いわく「異世界に行く方法はいくつかあって、それを試せば見えるようになるかもしれない」らしい。

「ゲームの影響でしょうかね。それかネットか何かの噂話とか」

二人はその方法を試してみようということになった。

優斗君が出来る限り正確な位置を伝える。健君は校庭の隅、二方向をフェンスに囲われた場所に仁王立ちした。運動靴の先でつたない六芒星を描き、崩れたお経のようなものを唱える。

「いろんなところから聞きかじったものをごた混ぜにしたんでしょうかね。当然というか、穴なんて現れなかったんですけど」

しばらくしても何も起きない。二人のあいだにやや冷めた空気が漂い始めた。

そのときだった。

「いきなり『熱い』って叫ぶ声が聞こえたらしいんです」

優斗君が驚いて健君を見る。しかし、健君もまた驚いていた。

もう一度、誰かが「熱い！」と叫ぶ。

声はかなり近くでしたそうだ。しかし健君の口は動いていないし、彼の声ではない。

優斗君は怯えたが、健君はさらにひどい状態だったらしい。完全に腰を抜かしたままぼろぼろと泣き、虫でも追い払うように両手を振っていた。「来るな！」と何度も叫んだそうだ。

「完全に恐慌状態だったそうです。話しかけても喚くばっかりで会話にならなかったって。そのまま置いて帰るわけにもいかないし、立たせようとしても、手を差し伸べるだけで金切り声を上げるもんで、こりゃもう大人を呼ばなきゃって思ったらしくて」

優斗君は職員室に走り、教師に事情を話した。わけがわからない様子でついてきた教師も、校庭の隅で涙を流しながら震える健君を見て、ただ事ではないと察したらしい。

「体育座りってあるじゃないですか。あれを、もっと小さくした感じで座ってたみたいです。こうべを垂れて両手両足をまげて、出来るだけ体を縮こまらせる感じ……」

この説明をしているとき、Kさんの下まぶたが痙攣し始めた。

結局、健君は迎えに来た両親に引き取られたらしい。学校としては、優斗君が健君とケンカをしてひどく泣かせたが、怒られたくないのでそのことを隠している、と思ったようだ。

もちろんそれは誤解で、のちに健君がちゃんとそれを否定してくれたらしい。母親の車に乗せられ自宅に戻ったときには、ようやく話が通じる程度には落ち着いたとのことだ。そして健君の母は、息子から何があったのかを聞いた。

優斗君が悪いわけではなかったと知った彼女は、まずは教師に電話してそれを伝えた。それからわざわざ教師に頼んで優斗君の家の電話番号を聞き出し、電話で直接Kさんに説明をしてくれたそうだ。

「丁寧な方だなって思いましたよ。でも説明するためって言うより、息子に何が起こったのかを知るために掛けてきたってのが本当のところでしょうね」

健君の母が息子から聞いた話はこうだ。

……突然「熱い！」と叫ぶ声が聞こえた。ここまでは優斗君の話と一致している。しかし健君は「優斗君がいきなり叫びだした」と言った。六芒星の上で驚く自分に向かって、無表情のまま「熱い！　熱い！」と叫び始めたと。

「全然違うひとみたいな顔になった」と彼は表現した。そしてだんだん嫌な臭いがしてきたそうだ。優斗君の尋常ではない様子も相まって、まるで『違う世界に来てしまったかのように』怖かったと語った。

「優斗は『熱いなんて言ってない』の一点張りで。しばらく話したんですけど、向こうのお母さんと『変なこともあるもんですね』って感じで話は終わりました」

そこでKさんは言葉を切った。話そうかどうかを迷っているらしい。

誰にも聞かれていないことを確認し、Kさんは気まずそうに言い足した。

健君の母どころか、優斗君や妻にも言っていないことがあるという。

「……私も三十年前に通ってたって言ったじゃないですか。当時はゴミ係ってのがあって、クラスのゴミ箱の中身を週に二回運ばなきゃいけなかったんですよ。あの、校庭の隅にあった焼却炉まで」

一九九七年、文部科学省が全国の学校に向けて焼却炉廃止の通達を出した。それまでは、焼却炉を持つ学校は、校内のゴミをそこで焼却処分していた。

「卒業間際のときかな。一年生の女子が変質者に襲われて亡くなったんです。それで犯人が死んだその子を学校の焼却炉に入れて焼いたそうで……」

Ｋさんは言葉を濁した。

焼死した遺体は、たんぱく質が凝固することにより筋肉が収縮する。くだんの女児も『こうべを垂れて両手両足をまげて、出来るだけ体を縮こまらせる感じ』で発見されたのではないだろうか。

焼けて丸まった姿が黒い穴のように見えたとしても、不思議ではない。

とっぺさん

相沢泉見

あれは、私が小学一年生だった頃。

入学したてのドキドキ感が薄れ、大きなランドセルを背負っての通学に慣れてくると、仲のいい友達が何人かできました。登校班が一緒のお兄さん・お姉さんとも物おじせずに話ができるようになりました。

すると、色々な噂話が耳に入るようになります。

私が興味を引かれたのは『学校の七不思議』についてでした。

通っていたのは家から一番近い公立の小学校で、確か創立百十年か百二十年か……市内でもかなり歴史のあるところでした。『七不思議』も相当昔から伝わっているようで、私にそれを話してくれた近所のお姉さんが、

「うちのお母さんも同じ小学校出身なんだけど、その頃から伝わってるんだよ」

などと言っていたのを覚えています。

大人になった今になって考えてみると、七不思議なんてどの学校にもあるし、大したことではないんですが、まだ幼かった私は『自分が生まれるより前から伝わっている』というだけでゾーッとしたものです。

七不思議の内容をすべて思い出すことはできませんが、七つのうち六つは『トイレの花子さん』や『動く人体模型』、『目が光る音楽家の肖像』など、ありきたりな話だったと思います。しかし、たった一つだけ、少し変わった話がありました。

『遅くまで学校にいると〝とっぺさん〟がやってくる』

たったこれだけです。

聞いた当初は、全く意味が分かりませんでした。『とっぺさん』とは一体何なのか。そして、それに遭うとどうなるのか……。

『とっぺさん』という奇妙な響きが気になって、私は別の上級生にも話を聞いてみましたが、詳細を知っている人はいませんでした。

そのうち運動会や遠足など学校行事がたくさんあって、七不思議の件は頭の片隅に追いやられていきました。

話を聞いた直後は一人でトイレに行くのも怖かったのに、秋が過ぎ、年が変わって三学期になる頃にはすっかり平気になっていました。その頃になると、七不思議よりも、給食に大嫌いなレバーフライが出てくることの方が恐怖だったのです。

当時、私の両親は共働きでした。

誰もいない家に帰ってもつまらないので、雨さえ降っていなければ、しばらく校庭で遊んでから帰るのが私の日課になっていました。

寂しく思うことはあまりなかったと記憶しています。私と同じように、共働きの家の子が何人も校庭にたむろしていたからです。

私の通っていた小学校は地区の中でも校庭が広く、遊具もたくさんあったので、他の学校の子が来て遊んでいることもありました。

同じ学校の子ならともかく、他校の子はほぼ初対面ですし、名前さえ分かりません。それでも同じ遊具を使ううちに意気投合して、一緒に遊んだりしました。

互いに名乗ることはなく、仲よく遊んだのにどこの誰だか分からないまま、ということも多々あったはずです。また、たとえ名前を聞いたとしてもすぐに忘れてしまいました。

子供だったので、『誰と遊ぶか』よりも『楽しく遊ぶ』ことの方が重要だったんだと思います。

とにかく、当時は知らない子と遊ぶ機会が多かった。だからこそ……私は『あれ』にうっかり近づいてしまったのです。


それは、三学期に入ってしばらくたった冬の日でした。一週間ほど前に降った雪が校庭の片隅にへばりついていたのを覚えています。

鍵っ子の私は、やはりその日の放課後も校庭で遊んでいました。同級生のTくん、Mちゃんと一緒です。

寒さのせいか校庭にはひと気がなく、私たちが登り棒の脇で地面に落書きをしているうちに人数はますます減ってしまいました。

しばらくして、私が落書きに使っていた木の枝がぽきりと音を立てて折れました。

まっ二つになったそれをポイと投げ捨てて空を見上げると、すでにあたりは薄暗くなっていました。冬なので、日が暮れるのが早いのです。

そろそろ帰ろうかな……と思った矢先。

「ねぇ、一緒に遊ぼうよ」

ふいに後ろから声を掛けられました。振り向くと、私たちと同じくらいの背丈の子が三人、立っています。

おかっぱの女の子が一人に坊主頭の男の子が二人。校庭には他に誰もいませんでした。

「遊ぼうよ」

おかっぱの女の子が、再び私たちを誘ってきました。

三人とも見たことのない顔だったので、他の学校の子なんだと思いました。TくんとMちゃんの顔を交互に見やると、二人は嬉しそうに「いいよー」と頷いています。そこで私も、みんなの輪に加わることにしました。

活発で人懐っこいTくんがその場を仕切って、六人で『ドロケイ』をすることになりました。泥棒チームと警察チームに分かれて追いかけっこをするという、お馴染みの遊びです。

私とTくんとMちゃんが警察チーム。おかっぱの子たちが泥棒チームに分かれてスタートしました。

校舎には入らない、学校の敷地から出ないというのがルールです。必然的に、各校舎の裏側などを含めて校庭全体がゲームの場になります。

警察チームの私たちは、泥棒チームの三人が逃げ始めてからきっかり三十秒後に走り出しました。

頭のいい上級生なら三手に分かれて追いかけるのでしょうが、一年生の私たちはとにかく走るのに必死で、三人くっついたままでした。

Tくんを先頭にして、僅かに残っていた雪に足を取られないように気を付けながら、校舎の裏側に回ります。

広い校庭に比べて校舎裏は暗く、じめじめしていました。普段ならあまり立ち入らないのですが、おかっぱと坊主の三人組がこっちの方に逃げたのを見ていたので、私たちも迷わず踏み込みました。

「あ、いたぞー！」

その時、先頭を走っていたTくんが前を指差して叫びました。

足が遅い私は一番後ろについていましたが、TくんとMちゃんの背中越しに三人の影らしきものが見えました。

「よーし、捕まえるぞー！」

ぐんとスピードを上げたのはTくんです。Mちゃんもすぐに後を追って駆け出しました。

しかし、運動が苦手な私は、息が切れて遅れてしまいました。

このままじゃ、一人だけ引き離されてしまう……!

一瞬焦りましたが、すぐに追いつくことができました。少し先で、Tくんたちが立ち止まったからです。

TくんとMちゃんは、二人並んで呆然と立ち尽くしていました。ようやく追いついた私にも、何となく異様な雰囲気が伝わってきます。

「どうしたの……?」

おそるおそる二人に声を掛けると、Mちゃんが私の方をゆっくり振り向きながら、前を指差しました。

そこにいたのは、おかっぱと坊主の三人組……ではありません。

私たちと向かい合うようにして立っていたのは――私たちそのもの。『もう一組の私たち』だったのです。

まず目が合ったのは『もう一人のTくん』でした。顔や着ているものは、すぐそばにいる『本物のTくん』と全く同じです。

ただ、薄っすらと笑みを浮かべた顔はどことなく青白く……見ているだけで背筋にゾーッと寒気が走りました。

『もう一人のTくん』の横には『もう一人のMちゃん』が立っていました。『本物のMちゃん』そっくりでしたが、やはりどことなく不気味な顔つきで、こっちをまっすぐに見つめています。

その不気味なTくんとMちゃんの後ろに、いました。……『もう一人の私』が。

身につけている洋服は、その時の私とそっくり同じものでした。背丈や身体つきも、私そのものです。

ただし、本物のTくんやMちゃんの身体が壁になって、私の位置からでは顔がはっきり見えませんでした。不気味な雰囲気だけが、ひしひしと伝わってきます。

「な、何だよ、これー！」

Tくんが震える声で叫びました。

かなりの大声でしたが、もう一組の私たちは微動だにしません。

「やだぁあぁぁー！　こわいー！」

あまりの気味悪さに、とうとうMちゃんが踵《きびす》を返して駆け出しました。

それを合図に、私とTくんも全速力で来た道を戻ります。

背後には邪悪な気配が漂っていました。振り向いたらすぐそこに『あれ』がいるかもしれない……そんな気がしたけど、怖くて確認することなどできません。

いつ『あれ』に追いつかれるか……生きた心地がしないまま、ただただ必死に走りました。

不気味に佇む、もう一人の自分たち。

鏡に映したようにそっくりなのに、どこか違う。同じなのに、違う。何故なら、私たちは『あれが偽物である』と知っているから……。

とにかく、私たちは不気味なものと対峙してしまったのです。あの時の身の毛のよだつ感じは、一生忘れられません。

結局、その日はランドセルを校庭に置いたまま家に駆け込みました。

仕事から帰っていた母が、私のただならぬ様子を見て事情を聞いてくれましたが「そんなお化けみたいなのがいるはずないでしょう」と笑いました。

夜になって帰宅した父がランドセルを取りに学校に行ってくれましたが、その時にはもう、怪しい三人組はいなかったそうです。

ですが、私は『あれ』が見間違いだったとは思えません。『もう一人の自分』は、確かにいた……。

そう思うだけの根拠はあります。

あの出来事の数か月後、Tくんが交通事故で亡くなりました。ひき逃げで、犯人は未だに捕まっていません。

そのTくんの死から二年後、今度はMちゃんが病死してしまいました。数日前まで元気だったのに、突然倒れて亡くなったのです。

一人生き残った私は、高校生になってから『ある言葉』に出会いました。

——ドッペルゲンガー。

自分とそっくりの姿をした、もう一人の自分。本に載っていたその言葉を見て、『これだ！』と思いました。

同時に思い出したのが、学校に伝わる七不思議の一つ、『とっぺさん』のことです。

この『とっぺさん』とは、『ドッペルゲンガー』のことではないでしょうか。

外国語が上手く発音できない子供たちの間で、『ドッペルゲンガー』が『とっぺさん』に縮まったのです。

一年生だった私とTくんとMちゃんは、『とっぺさん』……すなわち、自分の『ドッペルゲンガー』に遭遇してしまった……。

自分のドッペルゲンガーを見た者は、死ぬと言われています。

Tくんと Mちゃんは、自分のドッペルゲンガーをはっきりと見てしまった。だから、死んだ。

二人の身体が壁になり、よく見えなかった私だけが、生き残った……。

私は就職を機に地元を離れましたが、通っていた小学校は今も健在です。

あの七不思議は……『とっぺさん』の話は、今でもまだ伝わっているのでしょうか。確認したいのですが、小学校に足を踏み入れるのを躊躇《ためら》っています。

再びあの校庭に行ったら、今度こそ『とっぺさん』の姿をはっきり見てしまうかもしれないので……。

どなたか、最近『とっぺさん』の噂を聞いた人はいませんか？

Aくん（仮）

砂神桐

もう何十年も前、私が教師になったばかりの年、赴任先の校長の方針で、校内に投書箱が設置されることになった。

設置の目的は、生徒達のちょっとした要望や困り事などを耳に入れたいというものだったが、下駄箱付近の賑わう場所に箱を置いたにもかかわらず、投書は月に二、三通程度。内容も『ここに何を書き込んで入れればいいんですか』とか、『この箱の目的は何ですか』といった、目論見《もくろみ》とはかけ離れたものだけだった。

箱を撤収するべきかどうか、校長と教師陣で色々話し合い、匿名性を強くすればよいのではという結論を出し、それを校内に伝達した。

投書する本人はむろん、特定の生徒や教師のことを書き込む際も、相手の名前も匿名で構わない。

当時はネットなどまったく一般的ではなく、個人情報は、扱いが杜撰《ずさん》でもそうそう人に漏れることはなかったが、学校という狭い空間内だ。迂闊《うかつ》に実名を出せば書いた人間が特定されてしまう恐れもある。

それが、誰かが喧嘩をしていたとか物を壊したという内容だった場合、投書をしたのはその場に居合わせた者だと断定され、後々報復をされる恐れもある。だからみんな、何か問題を抱えていても投書をせずにいるのかもしれない。

どちらも匿名。それならば何か事件を目撃したとしても、よほど詳細に内容を書き込まない限り、書いた人物の特定はまずされない。

徹底した匿名制に加え、箱の位置を保健室前に移動し、投書の現場自体を人目に触れにくいようにした。

この変化が受け入れられたらしく、以前は開くのも虚しかった投書箱には、週単位で百通近い投書がされるようになった。

初期の投書は、大半が『給食を毎食ステーキにしてほしい』などといった、それはさすがに聞き入れられないというわがままな内容だったが、やがて物珍しさの波が収まると、投書の数自体は減ったが、内容は具体的な訴えがほとんどになった。

『部活でいじめに近いしごきがあるから、もっと現場を監督してほしい』

『みんなあまり近づかない場所だから知られてないが、そこの器具が壊れている。危険だから修理か撤去をしてほしい』

寄せられる情報が事実かどうか調べ、的確な対処をする。それにより投書箱の信頼度は上がり、学校をよくするための有益情報や意見がまた寄せられるようになる。

そんな、言い方は乱暴だが『質の上がった投書』の中に、いつからか、同一人物らしき生徒が何度も登場するようになった。

『Aくん（本名は書けません。仮名です）に文房具を盗《と》られた』

『Aくん（仮名）にノートを破かれた』

『Aくん（仮）に人の見ていない所で小突く程度だけれど暴力を振るわれた』

本名ではないので、Aという名で書き込まれている生徒が何人もいるのかもしれない。最初はそう思ったが、投書が増えれば増える程、Aと記されている生徒はどれも同じ人物だという印象が強くなった。

他にも、迷惑行為を働いたと書き込まれている生徒はいるが、この、Aという仮名で呼ばれている生徒はダントツで、内容も、ギリギリ許容できるレベルのことから、どうやっても見過ごせないレベルのことまで様々だ。

いったいこうまで名が挙がるAというのはどの生徒なのだろう。被害者がこんなにいるのだから是が非でも特定したい。だが残念なことに、数は多いがどの訴えにもAの特徴はまるで書かれていないし、投書をした生徒達もみな匿名で、誰が被害に遭っているのかすら判らない状況だ。

これまで以上に生徒の動向に目を配り、それらしい言動をしている者を観察してみたが、もしやその生徒がAなのではと疑った頃に、Aのことを書いたかけ離れた内容の投書がされ、疑念を抱いた生徒達はことごとく対象から外れていった。

そんな日々が続く内に、私はとある仮説を打ち立てた。

もしや、Aなどという生徒は存在していないのではないだろうか。

匿名が許される投書箱だ。数人がいもしない生徒をでっちあげ、さもその生徒が周りに悪さをして回っているという投書をするくらい造作もないだろう。

他の教師に言ったところで、どうして生徒がそんな真似をするのかと笑われそうな意見だが、新米で、むしろまだ年齢的に学生に近い私には、学校という閉鎖空間にすし詰めにされた子供達の気持ちは多少なりとも理解できた。

学生生活の中で生じるストレスが、Ａという架空の人物を生み出した。

これは一種の現実逃避のようなものだから、気がすむまでＡという幻の存在を咎《とが》める投書をさせてやるべきだろうか。だが、今は架空の人物がよからぬことをしでかしているというイタズラ投書ですんでいることが、何かの弾みでエスカレートして、実際の事件に繋がってしまうことも充分考えられる。だから、軌道に乗っている投書箱のシステムだけれど、改善という形でもう少し投書の方法を改めるか、いっそ、投書箱自体を撤回するよう働きかけるべきかした方がいいのかもしれない。

思案している内にも、投書にＡの名は挙がり続ける。校長の発案とはいえ、こんな病んだイタズラが延々実行されてしまうならば、やはり、投書箱はなくした方がよさそうだ。後は、まだ新任の私が、どういう形で撤廃の案を訴えるか。そのタイミングを見計らっていた折、事件は起きた。

生徒の一人が階段から落ちたのだが、見ていた生徒達によるとそれはただの事故ではなく、別の生徒に故意に突き飛ばされた『傷害事件』だったという。

いったい誰の仕業なんだと見ていた生徒達に尋ねると、みな口を揃えて『Ａくんがやりました』と答えた。

匿名では判らない。Aとは誰だと尋ねても、誰も本名を口にしない。どころか、その生徒が何年生でどのクラスに所属し、どんな容貌をしているのか、普段はどんな素行の生徒なのかすら、答えられる者は一人もいなかった。

全員で嘘をついているのか。だが見る限りどの生徒にもそんな素振りはない。しかも怪我をした生徒までが、自分を突き飛ばしたのはAだと言い張る。

念のため、全校生徒に総てのクラスの集合写真を一枚ずつ見せ、Aの特定を計ったが、脅されて口を噤《つぐ》んでいるのとはあからさまに違う雰囲気で、それでも生徒達はみな、写真の中にAはいないと言い切った。

多くの生徒の投書に出てきた『Aくん（仮）』という人物。ついには生徒の一人に怪我まで負わせたのに、誰も本人を知らないというその生徒。

この騒ぎの後、イタズラの温床になるという私の案は校長に届き、投書箱は撤去されたが、事件から一ヶ月以上が過ぎてもAと呼ばれた生徒は特定されることはなかった。

きっと、事件になった生徒の階段落下は、本当はただの事故だったのだろう。それが、生徒達の噂で語られていたAという架空の人物と結びついてしまい、思春期の集団催眠的な思い込みで、事故はAの起こした事件に成り代わってしまったのだ。

なんとも不思議な一件だった。そんなことを思いながら、これまで投書箱が設置されていた廊下付近を通りかかったら、まさに箱が置かれていた場所に一人の男子生徒の姿が窺えた。

「先生。ここの投書箱、なくなっちゃったんですね」

私が通りかかるのを待っていたかのように振り向き、話しかけてくるが、その顔にまったく見覚えがない。

さすがに何百人と生徒がいるから、受け持ちでない生徒の顔までは覚えきれていなかった。けれど制服はうちのものだし、投書箱の存在を知っている以上、間違いなくこの生徒はうちの学校の生徒だろう。

「少し前に体育館で説明会があっただろう？　詳しいことは言えないが、あの時も話したようにちょっとした事故があって、それが理由で投書箱はなくなったんだ」

「○×が階段から落ちた件でしょ。あいつ、ほんの数段だっていうのに、凄い落ち方したんですよね。あの落ち方も、ちゃんと投書の内容に盛り込んでほしかったのに、誰もそこは書かないんだもんなー。どうせ匿名なんだから、もっと詳細を書けばいいのに」

その言い種に、私はまじまじと目の前の男子生徒を見据えた。

あの事故には数人の目撃者がいた。みなそれをAの仕業だと訴えたが、周りはむろん、被害に遭った生徒ですら、その時は動転していたから覚えてないと、自分が階段からどう落ちたのかを詳しく語ることはできなかった。

Aがやった。でもどういうふうに被害者を突き落としたのかは覚えていない。みんなそう語ったあの件を、どうしてこの生徒は口にできるのだろう。

そもそも、この生徒は誰だ？

あの事故現場に居合わせた生徒達には一人残らず話を聞いた。全校生徒の顔は覚えきれなくても、その時の生徒達の顔ははっきり覚えている。名前もだ。

でも私にはこの生徒がどこの誰なのか判らない。

「お前、何年だ？　あと、クラスは？　というか、名前は何ていうんだ⁉」

早口でまくしたてる私に、目の前の生徒はにこりと笑った。

中学生という年齢にしてはやけに無邪気な、だけど、背筋がぞくりと冷たくなるような笑顔。それがどういう訳がぼやけだす。

「学年とクラスは自分でも判らないです。ただ、投書箱に入れられた訴えの中では、『A

くん（仮）』って呼ばれてました。だから俺のことは『Aくん（仮）』って呼んで下さい。……といっても、投書箱がなくなっちゃったからもう投書の類はされないので、今後、俺の出番はなさそうですけどね」

そう言うと同時に、私の前から男子生徒の姿は消えた……。

その後のことは覚えていない。

気づいた時、私は数人の生徒に囲まれていて、その子達に声をかけられる形で意識を取り戻したのだ。

自分を案じてくれる生徒達をなだめ、可能な限り心配を拭った後で職員室へ向かう。

前に使った写真を引っ張り出し、さっき出くわした生徒を探す。でも全員の顔写真を見てもあの生徒はいない。いや、いるかもしれないが、直接会って話をしたのに、私は先程の男子生徒の顔をもう思い出せないのだ。

生徒達が投書の中に作り上げた幻。私もそれを見たのだろうか。

その後も真相は判らず、数年の後に私は別の学校に赴任し、長く教師を続けて、Aという仮名を聞くことは二度とないまま、じきに定年を迎える年齢となった。

数十年前、私が教職に就いた頃と、教育の場も大きく様変わりをした。

今ではネットが当たり前に普及して、個人情報が漏れるようなことはあってはならないと、学校側もそこの管理にはとことん厳しい。昔あったような投書箱など、匿名を謳い文句に設けたところで、今ではすぐさま誰が投書したのかを特定されてしまうため、逆にいじめを生む可能性があると、そんな物の設置などありえない状況だ。

なのに、私は生徒達の会話の中でたまたまその名を聞いた。

「それってAくんの仕業だよね」

「絶対そう。あと、同じ部活の子が似たような被害に遭ったんだけど、それも絶対、やったのAくんだと思う」

新米の頃に聞いただけで、もう忘れかけていたその名前。その響きと共に脳の奥にしまい込まれていた記憶が甦り、私は女生徒達に詰め寄った。

「二人共、今の、Aくんの話……」

「あ！　いえ、あの、たいしたことじゃないです！」

私の剣幕に女生徒達は怯み、慌ててその場を立ち去ろうとする。それを無理に追いかけ、私はためらう暇もなく、思っていたことを言葉にした。

「そのAくんていうのは、どこかで噂としてささやかれてる生徒だろう？　文字で書くと

『Aくん（仮）』と書かれてる筈だ」

「……先生、それ、知ってるんですか？」

女生徒達の足が止まった。私がAの存在を知っていることに驚き、戸惑っている。

「その生徒の噂はどこかに書き込まれている筈だ。どこでそれを見ることができる？」

「どこって言われても、私達もちょっと聞きかじっただけの話なんです」

「そうそう。ネットの裏サイ……じゃない！　友達から噂で聞いただけなので、詳しいことは判りません！」

絶対に公言してはならないことを口走ってしまった。一瞬そんな表情を浮かべた後、女生徒達は、今度こそ取りつく島もない様子で逃げ去った。

それでも今の会話は私には充分な収穫だ。

途中で言葉を飲み込んだけれど、あの生徒は『裏サイト』と言いかけた。

ネットの普及が当たり前の今の時代、学生達は特別教えなくてもコンピューターに詳しく、自分達で学校の噂などをやり取りするサイトを作り上げる、という話はちょくちょく耳にする。

それらはたいてい裏サイトと呼ばれているらしいが、どうやらこの学校にもそういうものがあるらしい。

正直、コンピューター関係には疎《うと》いが、それでもどうしてもAの噂を確かめたくて、私は機械に強い友人などに相談し、およそ一ヶ月後、どうにかこの学校にある裏サイトを見ることに成功した。

残業を装い、一人居残った職員室で裏サイトの中身に目を通す。

ああ、やっぱりだ。いたるところに『Aくん（仮）』に何かされたという書き込みがある。

いつの時代も学生達の考えや行動は似通っていて、何十年という時を経て、私は再びAという存在と巡り合うことになった。

「お久しぶりですね、先生」

背後からふいにそう声をかけられた。でも振り向く気は私にはない。

裏サイトでAの表記を見た時から予感はしていたのだ。きっとこの場にあの生徒が現れると。

「時代の流れで、投書箱なんて物はどこにも設置されなくなりました。でも今は、学校側が何かしなくても、生徒達が自ら書き込みのできる場所を作り出す。おかげで僕はまたこの世に現れることができました」

Aくん（仮）

まるでそこに本当に男子生徒がいるようだ。

朗らかな声。気さくな口調。ぼんやりと覚えているぱっと見は、どこにでもいる普通の一生徒。

「現れて、どうする気だ？」

「別に。僕自身には何をしたい意思もないですよ。僕がどう行動するかは書き込みをする生徒達次第。物を盗られたと書き込まれたら物がなくなるし、何かを壊したと書き込まれたら実際にそれが壊れる。ただそれだけです」

それは確かにそうかもしれない。

生徒達の気持ちが作り上げた幻の存在。行動は生徒の書き込みに左右される。

いや、違う。それだけじゃなかった。それを私は知っている。

生徒が階段から転げ落ちたただの事故。それが歪んで事件となった。

あの時の投書は事故の後にされたものだ。

でもみんな、その現場でAを見たと言った。

書き込みだけじゃない。人の思い込みでもAは行動ができる。今私が必死に押し隠している恐怖心。それを読み取って行動することも、きっとAには可能な筈……。

「さすがだなぁ、先生は。一度僕に会ってるだけのことはある。その通りですよ。書き込みだけじゃなく、僕は、人の心理でも行動することができる。さぁ、先生。僕が消える瞬間を目撃してしまった、僕のことを知りすぎている先生は、『Aくん（仮）』と再び対面した時、果たしてどうなるんでしょうね……」

先程までとはがらりと変わった声。

足音はしない。でも確かに近づいてくる。それを感じる。

真後ろにいる。今、手を上げた。気配がした。

そして。

そして……とても冷たい、心臓が止まりそうな程冷たい何かが私の肩に触れた……。

エブリスタ

国内最大級の小説投稿サイト。

小説を書きたい人と読みたい人が出会うプラットフォームとして、これまでに200万点以上の作品を配信する。

大手出版社との協業による文学賞開催など、ジャンルを問わず多くの新人作家発掘・プロデュースを行っている。

http://estar.jp

学校の怖イ噂

2019年5月4日　初版第1刷発行

編者　エブリスタ
著者　相沢泉見、淡雪りんご、岩佐翔勇、音海聖也、鬼木ニル、神谷信二、鬼志仁、虚像一心、砂神桐、科野宴、とびらの、夏愁麗、またたびまる、三石メガネ、湧田束

カバー　橋元浩明（sowhat.Inc）
発行人　後藤明信
発行所　株式会社　竹書房
〒102-0072　東京都千代田区飯田橋2-7-3
電話03-3264-1576（代表）
電話03-3234-6208（編集）
http://www.takeshobo.co.jp
印刷所　中央精版印刷株式会社

定価はカバーに表示しています。

落丁・乱丁本は当社までお問い合わせ下さい。


ISBN978-4-8019-1853-5 C0193

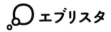